Louise Cooper

Der Fluch der Meerjungfrauen

Der silberne Delfin

Für meine wunderbare Mutter, Pat, der ich ewig dankbar sein werde, dass sie mich schon als Kind nach Cornwall gebracht und mir das Land gezeigt hat, das mir eine wahre Heimat wurde

Louise Cooper (1952 - 2009) wurde in England geboren und hat schon als Schulmädchen sehr gern Geschichten geschrieben. Ihr erster Fantasy-Roman »The book of Paradox« erschien 1973, als sie gerade 20 Jahre alt war. Sie hat mehr als 60 Bücher für Kinder und Erwachsene veröffentlicht.

Louise Cooper

Der Fluch der Meerjungfrauen

Der silberne Delfin

Aus dem Englischen von Anne Braun

Klopp · Hamburg

In der Reihe *Der Fluch der Meerjungfrauen* von Louise Cooper sind erschienen:

Der silberne Delfin
Der geheimnisvolle Schatz

FSC
Mix
Produktgruppe aus vorbildlich bewirtschafteten Wäldern und Recyclingholz oder -fasern

Zert.-Nr. SGS-COC-003091
www.fsc.org
© 1996 Forest Stewardship Council

Die Originalausgabe erschien unter dem Titel
»Mermaid Curse – The Silver Dolphin«
First published by Puffin Books,
part of Penguin Books Ltd. UK, 2008
Aus dem Englischen von Anne Braun
Einband von Zdenko Bašić
Druck und Bindung: Bercker Graphischer Betrieb, Kevelaer
Printed in Germany 2010
ISBN 978-3-7817-0337-7

www.erika-klopp.de

Prolog

Licht schimmerte in der Höhle am Meeresgrund, und die hellen Strahlen tanzten über die Wände und die Oberfläche eines großen, ruhigen Teichs, der den Mittelpunkt der Höhle bildete. An den Höhlenwänden hingen neun Spiegel, die aussahen, als bestünden sie aus sich kräuselndem Wasser. Jeder Spiegel schimmerte in einer anderen Farbe. Da waren zum einen die Farben des Regenbogens – Rot, Orange, Gelb, Grün, Blau, Indigoblau und Violett – und zudem noch Silber und Schwarz. Wenn man in die regenbogenfarbenen Spiegel blickte, konnte man in ihren Tiefen verschwommene Bilder sehen. Nicht aber in dem schwarzen und dem silbernen Spiegel. Sie waren leer, nichts rührte sich darin.

Auf einer Seite des Höhlenraums gab es einen

breiten Felsvorsprung, der wie eine Couch aussah und der statt mit Kissen mit Seetang in vielen Farben sowie mit Muscheln, Perlmutt und allerhand anderem Zierrat aus dem Meer geschmückt war. Und auf dieser Couch saß eine Meerjungfrau. Die schwarzblauen Haare fielen ihr wie ein schimmernder Vorhang bis zur Taille über den Rücken, ihre Augen glänzten so grün wie Smaragde. Um ihre Schultern hing ein königlicher Umhang, aus Seetang geflochten. Ihre Finger waren mit mehreren Ringen geschmückt, die Handgelenke und der Hals mit zahlreichen Meeresjuwelen. Die Meerjungfrau war so schön wie die Höhle, in der sie saß, doch auf dem Gesicht lag ein grausamer Ausdruck, als sie auf das Diadem in ihren Händen starrte. In den Rand des goldenen Diadems waren in regelmäßigen Abständen Perlen eingelassen. Jede Perle hatte eine andere Farbe. Es hätten insgesamt neun sein sollen, doch zwei kleine Vertiefungen zeigten, dass zwei Perlen fehlten.

»Nur sieben«, murmelte die Meerjungfrau. »Nur sieben. Ich muss alle Perlen haben, sonst ist meine Macht nicht vollständig! Diese dummen Delfine sind an allem schuld – Arhans und ihre Freunde, die sich ständig in alles einmischen! Aber ich werde mich an ihnen rächen, das schwöre ich!«

Eine Kreatur, die zusammengerollt zu ihren Füßen lag, hob den dunklen, hässlichen Kopf. »Euer Majestät, das wird nicht einfach sein«, schnarrte sie. »Die Delfine halten sich für unabhängig und wollen sich niemandem unterwerfen – nicht einmal einer so großen, mächtigen Königin wie Euch!«

»Oh, ich weiß, Tullor. Ich kann ihnen nichts antun, das stimmt, aber ich kann jeden vernichten, der sich mit ihnen verbündet. Jemand muss wissen, wer die beiden fehlenden Perlen hat! Und der oder die Betreffende wird es uns sagen!«

Die Kreatur riss das Maul auf, wobei sie mehrere Reihen spitzer Zähne enthüllte, und stieß ein wohliges Zischen aus. »Wir werden sie zwingen, Euer Majestät!«

»Richtig, mein treuer Diener. Die alte Königin ist tot und ihre Tochter ist ... nun ja, wie soll ich sagen ... spurlos verschwunden.« Sie lächelte grausam. »Ich bin die neue Königin. Ich werde die fehlenden Perlen finden. Und wenn ich sie habe, ist die Krone der Macht wieder vollständig, und niemand wird sich mir mehr in den Weg stellen. Niemand wird es wagen – und ich werde für immer herrschen!«

Kapitel eins

»Verflixt«, stöhnte Lizzy Baxter. Sie war ganz außer Atem und strich sich die widerspenstigen blonden Haare aus der Stirn. »Das schaffen wir nie!«

Ihre ältere Schwester, Rose, zog erneut energisch an ihrer Seite des großen, schweren Kartons, der sich dadurch allerdings nur noch mehr zwischen den Stufen der Wendeltreppe verkeilte. Plötzlich rutschte ihr der Karton aus den Händen und fiel auf Lizzys Füße, der daraufhin ein unschönes Wort entschlüpfte.

»Lass uns lieber Dad rufen!«, sagte Rose schnaufend. »Mal ehrlich, warum um alles in der Welt müssen wir in ein Haus ziehen, in dem alles zu eng oder krumm oder sogar beides ist? Hätten wir uns nicht für ein modernes Haus entscheiden können?«

Ohne auf Roses Schimpfen einzugehen, drehte Lizzy den Kopf, blickte in die mit weiteren Kartons vollgestopfte Diele und brüllte: »DAAA-AD! Wir hängen hier fest!«

Da tauchte Mr Baxter auf, zerzaust und in einem verstaubten T-Shirt. »Ich habe doch gesagt, ihr sollt es Mum und mir überlassen«, sagte er, während er die Stufen heraufpolterte. »Aus dem Weg, Lizzy! So ... okay, Rose, du musst jetzt ganz fest zupacken und ziehen und gleichzeitig hochheben ...«

Es gab vermutlich nichts Verrückteres und Anstrengenderes auf der Welt als einen Umzug, wie Lizzy später fand. Aber er war auch mit das Lustigste, das sie je erlebt hatte. Der heutige Abend zum Beispiel. Die vielen Möbelstücke standen endlich alle in den Räumen, in die sie gehörten, und irgendwann hatten sie genügend Decken und Kissen aufgestöbert, um die Betten zu machen. Doch es gab noch keinen Strom, und deshalb saßen die vier Mitglieder der Familie Baxter nun bei Kerzenlicht in der Küche, umgeben von Kisten und Kartons, aßen gebackene Bohnen und Würstchen, die sie auf einem Campingkocher erhitzt hatten, und dazu gab es Limonade und Apfelwein. Es war garantiert das verrückteste Picknick aller Zeiten.

»Es ist mir egal, was du sagst, Rose«, erklärte Mrs

Baxter zwischen zwei Bissen. »Ich finde unser neues Haus großartig! Und was sagst du, Lizzy, mein Schatz?«

Lizzy starrte auf das dunkle Viereck des Fensters; die Vorhänge waren noch nicht aufgehängt. Jetzt am Abend konnte man den kleinen Garten nicht sehen und auch die Häuser nicht, die sich den steilen Hügel dieses Fischerortes in Cornwall hinaufzogen. Dennoch verstärkte sich ein warmes Gefühl in ihrem Inneren, das absolut nichts mit dem Essen zu tun hatte.

»Mir gefällt es hier«, sagte sie mit Entschiedenheit. »Ich fühle mich, als wäre ich nach Hause gekommen.«

Aufgeregt, wie sie war, konnte Lizzy lange nicht einschlafen. Um Mitternacht saß sie noch immer am Fenster ihres neuen Zimmers, von wo aus man den Hafen sehen konnte. Das Haus hatte dicke Steinmauern, und das Fenster war in eine Nische eingelassen, sodass es einen wunderbaren Ausblick bot.

Es war sehr still. Man hörte keine Verkehrsgeräusche, und jetzt, wo der Regen aufgehört hatte, war außer dem leisen Rauschen des Meeres in der Ferne alles still. Alle paar Sekunden huschte der Lichtstrahl des Leuchtturms vorbei, der unaufhörlich seine warnenden Kreise über dem Wasser zog. Es war ein kleiner, automatischer Leuchtturm, auf einer Landzunge gelegen, die zwischen dem Strand und dem Hafen ins Meer ragte. Lizzy nahm sich vor, ihn gleich morgen aus nächster Nähe anzuschauen. Und plötzlich fiel ihr wieder ein, was sie beim Abendessen gesagt hatte.

Als wäre ich nach Hause gekommen. Vielleicht war es tatsächlich so.

Lizzy und Rose wussten schon lange, dass die beiden Menschen, die sie Mum und Dad nannten, nicht ihre leiblichen Eltern waren. Mr und Mrs Baxter konnten keine eigenen Kinder bekommen. Deshalb hatten sie die damals einjährige Rose adoptiert, einige Jahre später das Baby Lizzy. Sobald die Mädchen alt genug waren, hatten sie ihnen die Wahrheit gesagt. Roses Eltern waren bei einem Verkehrsunfall ums Leben gekommen. Die Baxters kannten ihre Namen und wussten, wo sie gelebt hatten. Doch in Lizzys Fall verhielt es sich anders. Sie war erst wenige Monate alt gewesen, als sie gefunden wurde. Ihre Eltern konnten nicht ausfindig gemacht werden und deshalb wurde sie zuerst in ein Kinderheim gebracht und wenig später zur Adoption freigegeben. Der Ort, an dem sie damals gefunden worden war, lag seltsamerweise nicht weit von dieser Stadt hier entfernt.

Es war natürlich ein Zufall, dass sie ausgerechnet hierher gezogen waren. Dad war Dozent für englische Literatur, und als ihm an dem neuen College in Cornwall eine Stelle angeboten wurde, freute sich die ganze Familie über die Möglichkeit, in Zukunft am Meer leben zu können. Dad und Mum hatten Lizzy gefragt, ob es ihr etwas ausmachte, hierher zurückzukehren, was Lizzy sehr rücksichtsvoll von ihnen fand. Doch es machte ihr nichts aus. Im Gegenteil – sie freute sich sogar darüber.

Der Lichtstrahl des Leuchtturms schwenkte wieder vorbei, ließ die Wasseroberfläche glitzern und verwandelte sie für einen kurzen Augenblick von Mitternachtsschwarz in ein glänzendes Silbergrau. Lizzy blinzelte, als ihr Magen ganz komisch zu kribbeln begann. Der ruhige Hafen, der ständig über das Wasser wandernde Lichtstrahl ... Hatte sie ihn schon einmal gesehen? Sie war sicher noch zu jung gewesen, um sich jetzt noch daran zu erinnern – aber konnte er eventuell der Grund sein, warum sie instinktiv wusste, dass sie hier glücklich sein würde?

Sie griff sich an den Hals und ihre Finger schlossen sich um den Anhänger an ihrer silbernen Kette. Es war ein Medaillon aus Perlmutt, das in allen Farben des Regenbogens schimmerte. Lizzy hatte es schon getragen, als man sie damals als Baby gefunden hatte, doch niemand wusste, von wem es war.

Lizzy drückte auf einen winzigen Knopf und das Medaillon öffnete sich wie die zwei Hälften einer Muschel. Im Inneren lag eine Haarlocke, so blond, wie Lizzy war. Es war ein ungewöhnlicher Blondton, und alle glaubten, es müssten Lizzys eigene Haare sein. Sie aber glaubte insgeheim, dass die Locke von ihrer Mutter oder ihrem Vater stammte, und sie war für sie die einzige Verbindung zu ihren Eltern, die sie nie gekannt hatte.

Da hörte sie Schritte auf der Treppe und gleich darauf streckte ihre Mutter den Kopf in Lizzys Zimmer.

»Hey, du solltest doch längst schlafen«, sagte sie und lächelte.

Lizzy lächelte zurück, ließ das Medaillon zuschnappen und die Kette fallen. »Entschuldige, Mum. Aber ich bin so aufgeregt.«

»Ich weiß, Schatz. Es ist immer etwas komisch, die erste Nacht in einem neuen Haus zu schlafen.

Aber wir haben morgen eine Menge zu tun, deshalb solltest du jetzt ins Bett, verstanden?«

Mum hatte Verständnis. Lizzy nickte. »Gut, mach ich«, versprach sie.

»Gute Nacht.« Mum kam zu ihr und küsste sie auf die Stirn. »Schlaf gut, mein Schatz!«

Lizzy grinste. »Und lass dir von den bösen Wanzen keinesfalls auf der Nase herumtanzen, ich weiß.«

Sie lachten beide über den alten Kinderspruch, dann ging Mum wieder hinaus und zog leise die Tür hinter sich zu.

Lizzy wartete, bis der Leuchtturm eine weitere Runde gedreht hatte. Dann schlüpfte sie unter ihre Decke und schloss die Augen.

Nach zwei weiteren Tagen war alles ausgepackt und aufgeräumt. Das Haus »machte sich allmählich«, wie Mum es ausdrückte; es gab Strom, und das Telefon war angeschlossen, und selbst Dads winziges Arbeitszimmer im Erdgeschoss sah nicht mehr aus wie eine Papiermanufaktur, durch die ein Wirbelsturm gerast war. Jetzt durften Lizzy und Rose losziehen, um ihre neue Heimat auszukundschaften.

Anfangs blieben sie zusammen, um sich mit den

Straßen vertraut zu machen. Die beiden Mädchen verstanden sich zwar sehr gut, doch die fünfzehnjährige Rose war vier Jahre älter als Lizzy und wollte möglichst schnell neue Leute kennenlernen. Besonders Jungen. Lizzy war ihr zwar nicht direkt lästig, aber Rose wollte unbedingt auf eigene Faust losziehen. So kam es, dass Lizzy schon bald allein durch die Stadt schlenderte.

Das machte ihr aber nichts aus. Die Stadt war interessant und Lizzy hätte ohne Weiteres wochenlang hier herumspazieren können. Es gab so viel zu sehen und zu entdecken, dass sie kaum wusste, wo sie anfangen sollte. Ihr neuer Wohnort war kein verschlafenes kleines Dorf, wie sie es in Cornwall erwartet hätte, sondern ein geschäftiger Fischereihafen voller Leben und Aktivität. Jetzt im Hochsommer waren auch viele Urlauber da, die alle gesund und zufrieden aussahen und einander zulächelten. Man kam sich, wie Lizzy fand, wie auf einer riesigen, lebhaften Kirmes vor.

Der Hafen war nicht weit weg vom neuen Haus der Baxters und man musste nur durch die engen Gassen den Hügel hinuntergehen. Es war kein idyllischer Hafen, wie man ihn auf Ansichtskarten findet, denn statt schmucker Segeljachten lagen Fischkutter, sogenannte Trawler, an dem alten, gemauerten Kai; es gab ein großes Lagerhaus und einen überdachten Fischmarkt; Gabelstapler fuhren hierhin und dorthin, Männer mit wettergegerbten Gesichtern in Arbeitsoveralls und mit schweren Stiefeln eilten geschäftig hin und her. Es roch nach Salzwasser, Fisch und Dieselöl – eine Geruchsmischung, bei der Lizzy die Nase rümpfte. Und überall flatterten Seemöwen, die kreischend und krächzend einen Sturzflug nach dem anderen machten.

Jenseits des Kais und des Lagerhauses lagen weitere, kleinere Boote, vertäut an einem Netz von schwimmenden, hölzernen Landungsbrücken, die – wie Lizzy inzwischen wusste – Pontons hießen. Die Rettungsstation war auch in der Nähe; das sah man an dem auffälligen, orange-blauen Rettungsboot, das an einem speziellen Ponton vor sich hin schaukelte. Und wenn man an dem geschäftigen Hafen vorbei in die Ferne schaute, sah man die große, sanft geschwungene Bucht, an deren Ufer sich groß und prachtvoll die alte Burg St. Michael's Mount abzeichnete.

Die ganze Bucht war mit goldfarbenen Sandstränden gesäumt, und der öffentliche Strand wurde durch die Landspitze, auf der der Leuchtturm stand, vom Hafen getrennt. Es war ein herrlicher Strand mit feinem weißem Sand, der sich meilenweit zu erstrecken schien. Lizzy ging den ganzen Strand entlang, vorbei an den vielen Urlaubern, die die Wassertümpel erforschten, die sich bei Ebbe zwischen den Felsen gebildet hatten, oder in den anrollenden Wellen herumhüpften, die an den flachen Stellen ausliefen. Es gab auch eine Badezone, die von Rettungsschwimmern überwacht wurde. Lizzy war eine gute Schwimmerin; an ihrer letzten Schule war sie mit Abstand Klassenbeste im Schwimmen gewesen. Aber weil das Wasser im Meer viel kälter war als im Schwimmbad, hatten ihr ihre Eltern als »Umzugsgeschenk« einen Neoprenanzug geschenkt, und Lizzy freute sich, dass sie ihn gleich ausprobieren konnte.

In ihrem neuen Anzug ging Lizzy ins Wasser, tollte in den Wellen herum und stellte sich gerade vor, sie sei ein Seehund, als aufgeregte Rufe vom Strand sie aufhorchen ließen. Gespannt richtete sie sich auf und sah mehrere Leute, die aufs Meer hinaus zeigten. In ungefähr fünfzig Metern Abstand von der Küste schwammen fünf Delfine. Sie flitzten durch die Bucht und sprangen ganz plötzlich alle gemeinsam aus dem Wasser, drehten sich geschmeidig in der Luft und tauchten dann wieder so anmutig ins Wasser ein, dass es kaum spritzte. Lizzy bewunderte sie und verspürte auf einmal den verrückten Wunsch, zu ihnen hinauszuschwimmen und mit ihnen zu spielen, so als wäre sie ebenfalls ein Delfin.

Da sagte jemand neben ihr: »Fantastisch, nicht wahr?« Lizzy drehte den Kopf. Einer der Rettungsschwimmer, ein blonder Australier, mit dem sie sich am Vortag schon unterhalten hatte, lächelte sie an.

»Oh ja, es sind tolle Tiere«, sagte sie begeistert.

»Sie lassen sich öfter hier sehen«, erzählte ihr der Rettungsschwimmer. »Aber normalerweise kommen sie nicht so nah ans Land. Wahrscheinlich haben sie etwas Interessantes entdeckt.«

Völlig grundlos bekam Lizzy bei diesen Worten eine Gänsehaut. »Ich würde sie gerne mal aus der Nähe sehen«, sagte sie.

»Ja? Na, dann solltest du mal eine Bootssafari machen. Ein gewisser Dave Pengelly organisiert solche Trips vom Hafen aus. Er fährt mit seinen Passagieren an der Küste entlang, speziell, um Delfine zu beobachten. Aber es gibt natürlich noch andere interessante Dinge zu sehen: Riesenhaie und die Höhlen, in denen Seehunde leben.«

Lizzys Augen begannen zu strahlen. »Wow, das wäre cool!«

»Dann frag deine Eltern! Wahrscheinlich wollen

sie auch mitkommen. So ein Ausflug ist echt toll.« Der Rettungsschwimmer lächelte wieder. »Aber jetzt muss ich weiter. Pass gut auf im Wasser, ja? Und geh nicht zu weit raus!«

Er setzte seinen Kontrollgang fort. Die Delfine waren noch zu sehen, allerdings etwas weiter draußen. Lizzy starrte ihnen nach, bis ihre Augen von dem grellen Sonnenlicht schmerzten. Dann ging sie zu ihrem Handtuch zurück und legte sich in den warmen Sand. Sobald sie zu Hause war, würde sie ihre Eltern wegen einer Bootssafari fragen.

Kapitel zwei

Rose war ebenfalls begeistert, als sie von den Bootssafaris hörte, und zur Freude der beiden Mädchen ließen sich Mr und Mrs Baxter schnell überreden. Am nächsten Tag war schönes Wetter, eine Mischung aus Sonnenschein und Wolken, und gleich nach dem Mittagessen ging die ganze Familie zum Hafen und buchte den nächsten zweistündigen Bootsausflug.

Das Boot hieß Sea Lion und war das seltsamste Boot, das Lizzy je gesehen hatte. Die zwölf Sitze in dem aufblasbaren Schlauchboot sahen wie paarweise angeordnete Motorradsättel aus, auf denen die Passagiere rittlings saßen und sich an einem Griff festhielten, während Dave Pengelly – »ein sehr gut aussehender junger Mann«, wie Rose feststellte – hinter seinen Passagieren am Steuer stand.

Dad wollte sein Wissen unter Beweis stellen. »Das ist ein RIB«, erklärte er den Mädchen.

»Rib?«, wiederholte Rose lachend. »Rib wie ›Rippe‹? Wie albern! Es sieht kein bisschen wie eine Rippe aus!«

Dad lachte. »RIB steht für Rigid Inflatable Boat, das heißt Festrumpfschlauchboot. Diese Boote sind sehr stabil – und sehr schnell!«

Wie schnell sie waren, merkten die Mädchen selbst, als sie aus dem Hafenbecken und auf das offene Meer zuflitzten. Die alte Burg St. Michael's Mount rauschte links von ihnen vorbei (»backbord«, verbesserte Dad grinsend, als Rose es falsch sagte), dann kamen die Motoren lautstark erst richtig in Fahrt. Es war berauschend. Das Boot flog förmlich über das Wasser, fast wie beim Wasserskifahren, und bei jeder größeren Welle, oder wenn das Kielwasser eines anderen Bootes zu ihnen herüberschwappte, schienen sie abzuheben und zu fliegen. Und wenn sie dann wieder mit einem Ruck auf dem Wasser landeten, entstand ein Gischtregen, der in der Luft glitzerte. Der Wind zerzauste Lizzys Haare und blies ihr nach Salzwasser schmeckende Strähnen in den Mund. Sie stellte sich vor, dass sie auf dem Rücken eines Delfins ritt und dass die aufgeregten, schrillen Schreie der beiden Frauen mittleren Alters vor ihr die Rufe von Delfinen waren, die das Wasser durchpflügten.

»Na, macht's euch beiden Spaß?«, rief Dad über die Motorengeräusche hinweg.

»Es ist super!«, rief Lizzy zurück. Rose war etwas blass um die Nase, doch sie nickte tapfer. »Ja, toll, Dad ...«

Bald jedoch war die wilde Fahrt vorbei. Das Boot wurde langsamer, sobald sie die Bucht hinter sich gelassen hatten. Sie fuhren nun an der Küste entlang, vorbei an einer Reihe von hohen, zerklüfteten Felsen. Am Fuß dieser Klippen ragten einzelne, kleinere Felsen aus dem Wasser, hinter denen sich die Eingänge von Höhlen wie dunkle, klaffende Mäuler öffneten. Dave Pengelly schaltete das Mikrofon ein und begann mit seinen Erklärungen. Hier würden die Seehunde leben und ihre Jungen bekommen, wusste er zu berichten. Alle Höhlen hatten Namen – es gab die »Katz-und-Maus-Höhle«, die »Echo-Höhle«, und die ganz große dort – »da vorne, wo sich die Wellen brechen« – hieß »Toter Mann«. Als Lizzy sah, wie sich die einsetzende Flut dunkel und bedrohlich auf den Eingang zuwälzte, konnte sie sich gut vorstellen, wie die Höhle zu diesem Namen gekommen war, und sie bekam eine Gänsehaut.

Als sie an diesen Höhlen vorbeifuhren, versuchten alle, einen Blick auf die Seehunde zu erhaschen, doch kein einziges Tier ließ sich blicken. Man sah auch keine Delfine, was sehr enttäuschend war. Da könne man leider nichts machen, sagte Dave. Manchmal tauchten sie auf, manchmal auch nicht, man konnte es nicht vorhersehen. Rose, die sich sehr viel besser fühlte, seit sie etwas langsamer fuhren, sagte grinsend zu Lizzy: »Vielleicht sollten sie ein paar zahme Delfine hier aussetzen, die so dressiert sind, dass sie immer auf Zuruf herbeischwimmen.«

Lizzy lächelte, sagte aber nichts. Es war trotzdem eine schöne Fahrt; allein schon das Gefühl, so weit draußen zu sein, auf allen vier Seiten von nichts umgeben zu sein als von dem glitzernden Meer, war umwerfend schön.

Nach einer Weile gaben sie die Suche auf, wendeten und nahmen wieder Kurs auf den Hafen. Das Boot wurde erneut schneller und düste über das Wasser, als plötzlich einer der Passagiere aufs Meer deutete und aufgeregt »Da! Seht nur!« rief.

Es waren die Delfine. Das Sonnenlicht glitzerte auf ihren Rücken, als sie auf das Boot zuflitzten. Sie bewegten sich so schnell, dass Lizzy glaubte, sie würden gleich an die Bootswand der Sea Lion prallen. Doch im allerletzten Moment drehten die Tiere ab und begannen plötzlich und unglaublicherweise neben dem Boot zu spielen, nur wenige Meter von den verblüfften Passagieren entfernt. Ein Delfin sprang aus dem Wasser und drehte sich in der Luft. Lizzy konnte gerade noch den silbrigen Streifen auf seinem Rücken sehen, ehe das Tier wieder ins Wasser eintauchte und unter dem Boot verschwand, um auf der anderen Seite wieder aufzutauchen. Entzückte Rufe waren zu hören und selbst Dave Pengelly riss erstaunt die Augen auf.

»Das ist etwas ganz Besonderes!«, rief er durch sein Mikrofon. »Das habe selbst ich noch nie erlebt! Ihr wisst gar nicht, was für ein Glück wir haben!«

Der Delfin mit dem silbernen Streifen war nun auf der Seite, auf der Lizzy saß. Sie beugte sich vor, mit blitzenden Augen, und es kam ihr so vor, als würde der Delfin sie anschauen. Die Augen waren nicht die eines Fisches, sondern blickten so warm und intelligent wie die eines Menschen. Logisch, Delfine sind ja gar keine Fische, fiel Lizzy ein. Sie sind Säugetiere, genau wie wir Menschen.

Als hätte der Delfin gehört und verstanden, was Lizzy durch den Kopf ging, schnatterte er plötzlich – und es hörte sich fast wie ein Lachen an. Lizzy lachte auch. Es kam ihr vor, als wollte sich der Delfin mit ihr anfreunden. Irgendwie hatte sie das Gefühl, er sei nur gekommen, um sie zu sehen und niemanden sonst. Was hatte sie gestern erst zu dem Rettungsschwimmer gesagt? ›Ich würde sie gerne mal aus der Nähe sehen.‹ Nun, ihr Wunsch hatte sich wirklich schnell erfüllt!

Die anderen Delfine blieben zurück, als sich das Boot der Küste näherte, doch der Delfin mit dem Silberstreifen – ihr Delfin, wie Lizzy dachte, obwohl sie wusste, wie albern das war – konnte sich offenbar nicht von dem Boot trennen. Er war so nah, dass Lizzy das Gefühl hatte, sie bräuchte nur den Arm auszustrecken, um ihn zu berühren. Plötzlich konnte sie der Versuchung nicht widerstehen und streckte spontan einen Arm aus.

»Lizzy!«, rief ihre Mutter besorgt von hinten. »Mach keinen Unfug und bleib sitzen!« Sie packte Lizzy an der Schulter und riss sie zurück. In diesem Moment verhedderte sich etwas mit dem Gurt von Lizzys Rettungsweste. Ein leises »Ritsch!« war zu hören und ein kleiner Gegenstand fiel von ihrem Hals auf den Bootsrand.

»Mein Medaillon!« Lizzys Begeisterung verwandelte sich auf einen Schlag in Bestürzung. Sie machte noch eine hektische Bewegung, doch da war das Medaillon schon von dem glatten, glitschigen Gummirumpf abgeprallt, fiel ins Wasser – und war weg.

»Oh nein!«, schrie Lizzy. »Es ist weg! Mein Medaillon ist weg!«

Einen Moment lang überlegte sie, ins Wasser zu springen, um ihr Medaillon noch zu fassen zu bekommen, ehe es in der Tiefe versank. Doch es war bereits zu spät. Das Medaillon war weg und sie konnte nichts mehr tun. Niemand konnte mehr etwas tun.

Die Delfine hatten inzwischen abgedreht und schwammen zurück ins offene Meer, doch Lizzy blickte ihnen nicht nach. Sie konnte nur an ihr Medaillon denken. Es war das einzige Andenken an ihre leiblichen Eltern und jetzt war es für immer verloren. Ihre Familie versuchte, sie zu trösten, doch Lizzy war so unglücklich, dass nichts und niemand sie trösten konnte. Was gab es noch zu sagen? Worte konnten nichts mehr ändern.

Das Boot tuckerte weiter, während Lizzy stumm und mit tränenüberströmtem Gesicht dasaß. Hinter ihr, draußen auf dem Meer, sank das Medaillon tiefer und tiefer, während es sich drehte, überschlug und in dem sonderbaren Licht unter Wasser glitzerte. Irgendwo in der Tiefe verfolgte ein Augenpaar den spiralförmig nach unten fallenden Gegenstand. Dann eine plötzliche Bewegung – Wasser wirbelte auf und kräuselte sich. Und auf dem Meeresgrund tauchte hinter einem Felsen eine Gestalt auf und schwamm zielgerichtet auf den seltsamen, glänzenden Gegenstand zu ...

Zu Hause ging Lizzy sofort in ihr Zimmer, warf sich auf ihr Bett und schluchzte ins Kissen, bis sie keine Tränen mehr hatte. Sie wollte nicht zu Abend essen. Ihre Mutter brachte ihr ein Tablett und versuchte sie zu überreden, wenigstens ein paar Bissen zu essen, doch Lizzy schüttelte nur den Kopf. Schließlich begriff ihre Mutter, dass es vermutlich das Beste war, Lizzy allein zu lassen, bis sie sich wieder etwas von dem Verlust erholt hatte.

Es war schon dunkel, als Rose in Lizzys Zimmer kam. Lizzy war noch wach und schaute zum Fenster hinaus auf den Leuchtturm. Rose setzte sich zu ihrer Schwester und legte ihr einen Arm um die Schultern.

»Weißt du was?«, sagte sie. »Morgen früh gehen wir gleich nach dem Frühstück an den Strand und suchen dein Medaillon.«

»An den Strand?«, schniefte Lizzy.

»Ja. Dein Medaillon ist so klein und leicht. Ich könnte mir vorstellen, dass es an den Strand gespült wird.«

»Bestimmt nicht«, widersprach Lizzy todtraurig. »Ganz sicher nicht.«

Rose schüttelte sie sachte. »Gib die Hoffnung nicht auf! Man kann nie wissen. Wenn wir es uns beide ganz fest wünschen, finden wir es vielleicht. Einen Versuch ist es wert, oder?«

Lizzy versuchte, trotz ihres Kummers zu lächeln. Obwohl sie und ihre Schwester sich manchmal zankten, konnte Rose auch sehr nett sein.

»Okay«, sagte sie. »Versuchen wir's! Und ... danke.«

»Kopf hoch! Ich geh sowieso gern an den Strand.« Rose erhob sich. »Gute Nacht, Schwesterherz.«

Leise ging sie aus dem Zimmer, und Lizzy merkte, dass sie sich schon etwas besser fühlte.

Es war früh am Morgen, und deshalb waren noch nicht viele Menschen unterwegs, als die beiden Mädchen an den Strand kamen.

»So«, sagte Rose voller Tatendrang, stützte die Fäuste in die Hüften und blickte an dem goldenen Sandstrand entlang. »Der Strand ist ganz schön lang. Am besten, wir fangen jede auf einer anderen Seite an und treffen uns dann in der Mitte. Weißt du was? Du fängst drüben am Leuchtturm an.« Sie setzte sich ihre neue Sonnenbrille auf, wickelte ihre schulterlangen Haare zusammen und steckte sie mit einer Klammer hoch, um etwas älter und eleganter auszusehen. »Ich gehe in die andere Richtung. Da kann ich die Rettungsschwimmer gleich fragen, ob bei ihnen etwas abgegeben wurde.«

Lizzy musste ein Grinsen unterdrücken. Sie wusste genau, dass es Rose nicht nur darum ging, das Medaillon zu finden. Doch das war ihr egal. Sie war froh, dass Rose ihr helfen wollte.

Während Rose auf die Stelle zuging, an der die Rettungsschwimmer ihre Gerätschaften ausbreiteten, eilte Lizzy in die entgegengesetzte Richtung. Der Leuchtturm stand ungefähr dreihundert Meter entfernt, auf einer flachen Klippe hinter einer Felsnase, die das Ende des Strandes bildete. Bei dieser Felsnase angekommen, drehte Lizzy um und ging langsam direkt an der Wasserlinie zurück. Eine Wellenlinie aus angeschwemmten Muscheln und Seetang zeigte, bis wohin die Flut vorgedrungen war. Lizzy wühlte mit den nackten Zehen in dem angeschwemmten Treibgut und hoffte wider besseres Wissen, irgendwann das verräterische Schimmern von Perlmutt aufblitzen zu sehen.

Es war ein wunderschöner Tag mit einem wolkenlosen Himmel, doch dafür hatte Lizzy keinen Blick, weil sie so angestrengt nach ihrem Medaillon Ausschau hielt. Sie wollte es sich zwar nicht eingestehen, aber insgeheim war ihr natürlich klar, wie hoffnungslos ihre Suche war. Ihr Medaillon war so klein und das Meer so riesig. Die Chancen, dass die Flut es ausgerechnet hier an Land gespült hatte, standen bestimmt eins zu einer Million!

Plötzlich hatte sie das Gefühl, beobachtet zu werden – obwohl sie sich nicht erklären konnte, woher es kam. Es war nur ein eigenartiges Gefühl, eine Art Prickeln irgendwo im Hinterkopf. Lizzy hob den Kopf und blickte aufs Meer hinaus.

Nicht weit von ihr entfernt schwamm ein einzelner Delfin. Sie konnte sehen, wie sich seine Rückenflosse mit dem Seegang hob und senkte, und er schien sich komischerweise genau parallel zu ihr fortzubewegen. Lizzy blieb stehen – und der Delfin schaukelte plötzlich auch nur noch gemächlich auf der Stelle. Das war ja merkwürdig ... doch dann schoss Lizzy ein noch merkwürdigerer Gedanke durch den Kopf. Der Delfin war so weit weg, dass sie ihn nicht genau sehen konnte, aber irgendwie war sie plötzlich davon überzeugt, dass es der Delfin mit dem Silberstreifen auf dem Rücken war. Der Delfin, der am Vortag neben dem Schlauchboot hergeschwommen war und ihr in die Augen geschaut hatte ...

Ohne lange zu überlegen, ging sie ins Wasser und watete drauflos. Sie war jedoch erst bis zu den Knien im Wasser, als der Delfin auf einmal mit der Schwanzflosse schnippte und verschwand. Lizzy hielt sich die Hand über die Augen, um trotz der Sonne etwas sehen zu können. Doch der Delfin war und blieb verschwunden.

Sie war schrecklich enttäuscht. Vorhin hatte sie einen Moment lang den Eindruck gehabt, der Delfin wolle ihr vielleicht etwas mitteilen. Eine verrückte Idee, total bescheuert sogar. Warum hätte es überhaupt derselbe Delfin sein sollen? Und selbst wenn er es war – warum sollte er sich für sie interessieren? Seufzend drehte sich Lizzy um – und zuckte erschrocken zusammen, als sie plötzlich vor einem Jungen stand, keine drei Schritte weit weg von ihr.

Schweigend starrten sie sich an. Er muss sich von hinten an mich herangeschlichen haben, sagte sich Lizzy. Aber woher war er so plötzlich gekommen? Einige Sekunden zuvor war er noch nicht da gewesen. Trotz der warmen Sonne fröstelte sie plötzlich. Der Junge, der ein T-Shirt und eine Badehose trug, war ungefähr in ihrem Alter. Er hatte rabenschwarze Haare und eine ungewöhnlich blasse Haut. Und außerdem war er so tropfnass, als wäre er gerade erst aus dem Wasser gekommen. Lizzy hatte ihn noch nie gesehen. Und doch hatte sie das seltsame Gefühl, ihn zu kennen.

Dann sah sie seine Augen. Sie waren von einem intensiven Blau und hatten genau dieselbe Farbe wie ihre Augen.

Der Bann, unter dem Lizzy stand, brach, als der Junge den Mund öffnete. »Hallo«, sagte er. »Suchst du zufällig das hier?«

Er streckte seine Hand aus und Lizzy traute ihren Augen nicht.

Sie schnappte nach Luft. »Mein Medaillon!«

Kapitel drei

»Wo hast du es her?« Vor Freude vergaß Lizzy die komischen Gedanken, die ihr vorhin durch den Kopf gegangen waren.

Der Junge zuckte mit den Schultern. Dann schaute er sie mit seinen tiefblauen Augen fragend an und sagte: »Wie heißt du?«

»Lizzy. Lizzy Baxter.«

»Oh.« Er klang verwirrt – oder gar enttäuscht? Sie wusste es nicht. »Ich bin Kes.«

Lizzys Finger schlossen sich um das Medaillon. »Woher wusstest du, dass es mir gehört?«

»Das war ganz leicht. Ich habe es aufgeklappt und die Haarlocke gesehen. Dann habe ich dich gesehen. Es ist keine Allerweltsfarbe, nicht wahr? Eher ungewöhnlich. Es müssen also deine Haare in dem Medaillon sein.« Er machte eine kurze Pause. »Es sind doch deine Haare, oder? Oder die Haare von jemand anderem?«

Irgendwie betonte er dieses »jemand anderem« so komisch, als hinge viel von ihrer Antwort ab.

»Ich weiß nicht«, gestand Lizzy. »Es könnten meine Haare sein, aber ...« Sie verstummte verlegen, weil ihr plötzlich klar wurde, dass sich dieser fremde Junge wohl kaum für ihre Lebensgeschichte interessieren würde.

Doch er schien im Gegenteil sehr interessiert zu sein und schaute sie richtig gespannt an. »Aber ... was?«, hakte er nach. »Von wem ist diese Locke, wenn nicht von dir?«

Lizzy hatte noch nie jemandem erzählt, was es mit diesem Medaillon auf sich hatte. Selbst ihre Schulfreundinnen wussten es nicht; es war ein Thema, über das sie nicht reden wollte. Nun aber sprudelten die Worte nur so aus ihrem Mund und sie hörte sich sagen: »Ich weiß es nicht. Ich bin adoptiert worden, weißt du. Das Medaillon hatte ich um den Hals, als ich als Baby gefunden wurde. Von meinen leiblichen Eltern weiß ich nichts ...« Sie verstummte abrupt, als sie merkte, was sie da tat. Kes war ein Fremder! Sie hatte ihn gerade erst kennengelernt! Warum, um alles in der Welt, erzählte sie ihm das alles?

Kes starrte sie erneut so komisch an und auf einen Schlag hatte Lizzy wieder so ein seltsames Gefühl. Was war nur los? Irgendetwas hing in der Luft, etwas, das sie nicht begriff. Und weil ihr das Angst machte, wurde sie auf einmal wütend.

»Warum willst du das wissen?«, fragte sie schnippisch. »Es geht dich nichts an! Wir kennen uns doch kaum und plötzlich stellst du mir all diese Fragen! Warum? Was willst du von mir?«

»Hey, Lizzy!«

Beim Klang dieser Stimme zuckten sie beide zusammen, und als Lizzy den Kopf drehte, sah sie Rose am Strand entlang auf sie zueilen. Rose winkte – und Kes drehte sich blitzschnell um und lief in die andere Richtung davon.

»Warte doch!«, rief Lizzy ihm nach. Doch er achtete nicht darauf. Wasser spritzte auf, als er durch die kleinen, flachen Wellen, die am Strand ausliefen, auf die Klippe mit dem Leuchtturm zurannte.

»Was ist los?«, fragte Rose, sobald sie bei Lizzy angekommen war. »Wer war das?«

»Keine Ahnung. Aber er hat mein Medaillon gefunden.« Lizzy zeigte es ihr.

»Mensch, klasse!« Rose boxte in die Luft. »Ich hab's dir doch gesagt, oder? Wenn man sich etwas ganz fest wünscht ...«

Doch Lizzy hörte ihr nicht zu. Sie starrte dem davonrennenden Kes nach und wusste plötzlich, dass sie ihm nachlaufen musste. Diesen Jungen umgab ein Geheimnis. Sie wollte wissen, was es war. Sie musste es wissen!

»Lizzy?« Rose bekam den Mund nicht mehr zu, als Lizzy sich plötzlich umdrehte und dem fremden Jungen hinterherrannte. »Lizzy! Wo willst du hin?«

Lizzy hörte nicht hin. Sie rannte, so schnell sie konnte, doch Kes war schneller. Er hatte bereits die felsige Landzunge am Fuß der Klippe erreicht und kletterte hinauf. Und bis Lizzy endlich an dem Felsen ankam, war Kes über die Kuppe verschwunden.

Lizzy überlegte nicht lange, sondern kletterte ihm nach. Rose war ihr gefolgt und machte sich ebenfalls an den Aufstieg. Wenig später stand Lizzy keuchend und ratlos auf dem Weg oben auf der Felskuppe. Außer ihr war niemand zu sehen.

»Wo ist er nur?«, fragte sich Lizzy kopfschüttelnd. »Er ist wie vom Erdboden verschwunden.«

Rose blickte sich um. Ein Stück weiter vorn gabelte sich der Weg. Die eine Abzweigung machte eine Biegung landeinwärts, die andere führte zum Leuchtturm und dann weiter ans Meer.

»Wo immer er auch hingerannt ist«, sagte sie, »er kann verdammt schnell rennen!«

Lizzy sagte nichts, sondern blickte sich nur um, als könne sie nicht glauben, was sie sah – beziehungsweise nicht sah.

»Hör mal«, sagte Rose schließlich etwas beklommen, »ich weiß genauso wenig wie du, warum er davongerannt ist, aber du hast dein Medaillon wieder. Das ist doch wichtiger als alles andere, oder?«

Lizzy biss sich auf die Unterlippe. »Ja, stimmt ...«

»Gut, dann komm jetzt! Egal, wer er ist, einholen werden wir ihn nicht mehr. Gehen wir an den Strand zurück. Ich schätze, er taucht irgendwann wieder auf, dann kannst du ihn fragen, was das Ganze sollte.«

Lizzy ließ die Schultern hängen. Wortlos folgte sie Rose wieder nach unten an den Strand. Sie machte ein nachdenkliches Gesicht und drehte jede Minute den Kopf und schaute nach hinten, weil sie hoffte, Kes würde wiederauftauchen. Aber das tat er natürlich nicht. Lizzy nahm sich fest vor, ihn wiederzufinden. Und dann würde sie ihm ein paar Fragen stellen. Fragen, auf die sie eine Antwort haben wollte.

Lizzy schwamm, wusste aber nicht, wo sie war. Lichtstrahlen huschten über sie hinweg, und sie sah überall nur gedämpfte Grün- und Blautöne, die in alle Richtungen wirbelten. Auf einmal begriff sie, dass sie unter Wasser sein musste, irgendwo im Meer, und geriet in Panik. Lange würde sie die Luft nicht mehr anhalten können – sie musste sofort nach oben, sonst würde sie ertrinken!

Sie versuchte, zu wenden und nach oben zu schwimmen. Doch es ging nicht. Etwas hielt sie davon ab – sie sank sogar noch tiefer, immer tiefer und tiefer, wie von einer unsichtbaren Kraft in Richtung Meeresgrund gezogen.

Da rief jemand ihren Namen. Lizzy hatte diese Stimme noch nie gehört. Sie klang irgendwie unheimlich, fast so, als sei es keine menschliche Stimme. Lizzy hätte zu gern zurückgerufen, doch sie wagte es nicht, den Mund zu öffnen.

Auf einmal war sie nicht mehr unter Wasser, sondern stand am Strand. Sie konnte die gespenstische Stimme noch immer hören, doch inzwischen hatten sich weitere Stimmen dazugesellt, und als Lizzy aufs Meer hinausschaute, sah sie Delfine auf den Wellen tanzen. Sie war sich sicher, dass es ihre Stimmen waren und dass sie sie riefen. Aber warum? Was wollten sie ihr sagen?

Als Lizzy schweißgebadet aufwachte, flutete das Tageslicht bereits in ihr Zimmer.

Ein paar Minuten lang lag sie reglos da und versuchte, das Durcheinander in ihrem Kopf, die Vermischung von Traum und Wirklichkeit, zu entwirren. Der Traum war noch so gegenwärtig in ihrem Kopf – die Stimme, das Meer, die Delfine –, als hätte sie das alles wirklich erlebt.

Lizzy schaute auf die Uhr auf ihrem Nachttisch und sah, dass es erst halb sieben war. Im Haus war noch alles ruhig, doch in der Ferne konnte sie das frühmorgendliche geschäftige Treiben im Hafen und auf dem Fischmarkt hören. Der Strand war um diese Tageszeit sicher noch menschenleer. Wenn sie einen Zettel schrieb, dass sie einen Spaziergang machen wollte und zum Frühstück rechtzeitig zurück sein würde, würden sich Mum und Dad keine Sorgen machen ...

Lizzy zog sich Shorts, ein Sweatshirt und Sandalen an und tapste leise aus dem Haus. Auf dem Weg zum Strand wurde ihr plötzlich bewusst, dass sie keine Ahnung hatte, warum sie das tat. Es war nur ein vages, instinktives Gefühl. Als würde eine innere Stimme ihr sagen, dass die Delfine dort sein würden.

Und das waren sie tatsächlich. Sobald Lizzy oberhalb der langen, menschenleeren Bucht ankam, sah sie die Delfine unweit des Ufers aus dem Wasser springen und auf den Wellen tanzen. Sie erschrak: Die Sonne, die herumtollenden Delfine, sogar die Stelle, an der sie stand – alles war haargenau wie in ihrem Traum! Sie glaubte sogar, die schrillen Schreie der Delfine zu hören, genau wie sie in ihrem Traum ihre rufenden Stimmen gehört hatte. Aber ganz sicher war sie sich nicht.

Vor Aufregung beschleunigte sich ihr Pulsschlag. Ohne zu überlegen, kickte sie sich die Sandalen von den Füßen und watete ins Wasser, bis die Brandung ihre Oberschenkel umspülte. Hätte sie doch nur ihren Neoprenanzug mitgebracht! Sie wollte unbedingt durch die Wellen zu den Delfinen schwimmen. Obwohl es total verrückt klang, hatte Lizzy das sichere Gefühl, dass die Delfine auf sie warteten.

Doch plötzlich drehte sich einer der Delfine zum Ufer und kam dann ganz langsam auf sie zugeschwommen. Die anderen folgten ihm nicht, sondern schwammen nur auf und ab und beobachteten ihren Artgenossen. Der Delfin kam näher ...

Da hörte Lizzy eine Stimme hinter sich. »Lizzy?«

Sie wirbelte herum. Kes stand am Ufer. Er war wieder tropfnass, als sei er gerade aus dem Wasser gestiegen. Sie starrten sich nur wortlos an, bis sich hinter Lizzy eine Welle überschlug, die größer war als die anderen und die sie beinahe umgerissen hätte. Sie taumelte. Kes machte einen Satz und packte sie am Arm und sie stolperten gemeinsam auf den trockenen Sand.

»Tut mir leid«, sagte Kes.

»Leid?« Lizzys Herz raste. »Was?«

»Dass ich gestern weggelaufen bin.« Er starrte auf seine Füße. »Eigentlich dürfte ich nicht hier sein. Aber ... ich musste dich wiedersehen.«

Lizzy schluckte. »Warum?«

Ein langes Schweigen folgte. Dann sagte Kes leise: »Wegen deines Medaillons. Weißt du ... meine Schwester wurde entführt, als wir noch klein waren. Sie hatte dasselbe Medaillon wie du. Ich war noch zu klein, um mich daran zu erinnern, aber meine Mutter hat mir alles erzählt. Und als du gesagt hat, dass du nicht weißt, wer deine leiblichen Eltern sind ...«

Ein merkwürdiges Kribbeln kroch Lizzys Rückgrat hinauf. Sie wollte etwas sagen, konnte aber nur stammeln: »Willst du ... ich meine, soll das heißen, dass ...?«

Kes schaute sie eindringlich an. Dann sagte er: »Ich denke, ich bin dein Bruder.«

Kapitel vier

Lizzy begann am ganzen Leib zu zittern und konnte es nicht abstellen. Es war unmöglich! Sie träumte, es konnte nicht anders sein! Gleich würde sie aufwachen ...

»D-deine Eltern ...« Sie hörte ihre eigene Stimme, die jedoch von sehr weit weg zu kommen schien. »Sie ... wo sind sie?«

»Ich lebe mit meiner Mutter zusammen«, erklärte Kes.

Sie glaubte ihm kein Wort. Es konnte einfach nicht wahr sein. »Wo?«, wisperte sie.

»Das ... kann ich dir nicht sagen.«

Plötzlich verlor Lizzy die Beherrschung und brüllte ihn an: »Was soll das heißen? Du musst es mir sagen! Du kannst nicht behaupten, dass ... was du gerade gesagt hast, und dann ... dann ...«

»Es geht nicht!«

»Warum nicht?«, fauchte Lizzy.

Kes' Augen huschten nach links und nach rechts, als suchte er nach einem Fluchtweg. Doch dann sagte er: »Weil du mir niemals glauben würdest.«

Und noch ehe sie irgendwie reagieren konnte, hatte er sich umgedreht und lief weg.

»Warte!«, rief Lizzy ihm voller Verzweiflung nach. »Komm zurück!«

Doch Kes lief einfach weiter, wieder auf die felsige Landzunge zu. Diesmal allerdings zögerte Lizzy keine Sekunde. Sie rannte ihm nach, mit wehenden Haaren, und ihre Füße flogen nur so über den harten Sand. Kes war schon auf halber Höhe des Felsens, als sie unten ankam, und sie kletterte ihm so schnell sie konnte hinterher. Die Felswand war mit Muscheln und Rankenfußkrebsen bewachsen, die ihr in die Fußsohlen schnitten, doch das war ihr egal. Kes einzuholen war alles, was zählte.

Als Kes oben ankam und aus Lizzys Blickfeld verschwand, war sie nur noch wenige Meter hinter ihm. Sie zog sich über den Klippenrand und richtete sich gerade noch früh genug auf, um ihn über den äußeren Pfad auf den Leuchtturm zurennen zu sehen. Entschlossen holte sie zweimal tief Luft und nahm die Verfolgung wieder auf.

Der Leuchtturm war größer, als er von Weitem ausgesehen hatte, wie Lizzy feststellte, je näher sie ihm kam. Kes hatte ihn inzwischen umrundet und war vermutlich auf dem Pfad dahinter. Keuchend rannte sie auf der landeinwärts gerichteten Seite um den Turm – und blieb verdutzt stehen.

Der Pfad war leer. Kes war verschwunden.

Ungläubig und keuchend starrte Lizzy auf den leeren Weg. Wo zum Kuckuck war er? Er konnte unmöglich so schnell gerannt sein, dass er schon außer Sichtweite war, aber trotzdem hatte er es irgendwie geschafft. Oder aber ... Sie betrachtete den Leuchtturm. Es gab nur eine Möglichkeit. Kes hatte sich bestimmt auf der anderen Seite versteckt und wartete nur darauf, bis sie an ihm vorbei war, um dann kehrtzumachen. Okay, mein Junge, dachte sie. Dann wirst du dich gleich wundern!

Ganz leise und mit angehaltenem Atem schlich sie um den Leuchtturm herum. Noch wenige Meter, dann ...

»Hab ich dich!«, rief sie triumphierend und machte einen Satz.

Doch da war niemand! Sie sah nur den stummen Leuchtturm und dahinter die abschüssige Felswand. Lizzy schaute daran hinunter, sah aber bloß die Wellen an die Felsen schwappen.

Ratlos ging sie einmal um den ganzen Turm herum und rechnete insgeheim damit, Kes würde gleich aus irgendeinem Versteck springen und lachend sagen, das Ganze sei nur ein Scherz gewesen. Dabei wusste sie genau, dass es alles andere als ein Scherz war. »Ich denke, ich bin dein Bruder.« Das war sein Ernst gewesen. Er hatte nicht gelogen, das spürte sie. Er war wirklich davon überzeugt. Aber konnte es auch stimmen? Konnte es wirklich wahr sein? Und warum machte er so ein Geheimnis um seine Mutter und ihren Wohnort? Lizzy musste es wissen!

Da nahm sie aus den Augenwinkeln eine Bewegung im Wasser wahr.

Als sie nach unten blickte, sah sie die Delfine wieder. Sie waren ihr gefolgt und schwammen nun in Kreisen vor der Landspitze herum. Über den Lärm der Brandung hinweg hörte Lizzy ihre schrillen Pfeiftöne, die von der Felswand widerhallten, und es kam ihr so vor, als wollten die Tiere ihr etwas sagen. Ein verrückter Gedanke schoss ihr durch den Kopf – konnten sie Kes sehen? Hing er vielleicht irgendwo an der steilen Felswand, sodass sie selbst ihn nicht sehen konnte, die Delfine aber schon?

Lizzy ging bis an den Klippenrand vor und beugte sich vorsichtig nach vorne. Sie konnte niemanden sehen. Allerdings waren in der Felswand viele Auswüchse und Vertiefungen, in denen sich Kes mühelos verstecken konnte. Lizzy leckte sich die Lippen. Sollte sie hinunterklettern? Sie war sportlich und der Abstieg sah nicht allzu schwierig aus. Vielleicht musste sie nur ein paar Meter nach unten klettern, bis sie um diese Felsnase dort schauen könnte ...

Sehr langsam machte sich Lizzy an den Abstieg. Es war nicht schlimm; eigentlich nicht schwieriger, als auf der anderen Seite hinaufzuklettern. Es sah nur schwieriger aus, weil unter ihr nun kein fester Sand war, sondern das Meer, dessen tosende Wellen sie fast schwindelig machten. Aber gut ... Ihre Hände hatten einen sicheren Halt gefunden; wenn sie jetzt den rechten Fuß hierhin setzte, dann könnte sie den linken dorthin stellen und ...

Auf einmal rutschte ihr linker Fuß ab und ihr Körper verdrehte sich. Mit Entsetzen merkte Lizzy, dass sie den Halt verlor und abwärtsglitt. Sie schrie und versuchte, sich mit den Händen irgendwo festzuhalten, doch da war nichts. Hilflos schlitterte sie an der Felswand hinunter, schürfte sich Knie und Ellbogen auf – und die Welt schien sich auf den Kopf zu stellen, als ihr blaugrünes Wasser entgegenkam und sie mit einem weiteren lauten Aufschrei ins Meer platschte.

Der Aufschlag war heftig. Das Wasser schlug über ihrem Kopf zusammen und das Rauschen der Wellen füllte ihre Ohren. Es hörte sich an wie das Brausen eines Schnellzugs, wenn er in einen Tunnel fährt. Salz brannte ihr in Augen, Mund und Nase – doch dann ploppte sie plötzlich wieder nach oben und bewegte sich nur wenige Meter vor der Felswand mit den Wellen auf und ab.

Doch diese wenigen Meter waren mehr als genug. Lizzy war zwar eine gute Schwimmerin, aber die Schwimmbäder, die sie gewöhnt war, waren etwas völlig anderes als die Wellen, die Strömung und die ungezügelte Kraft des Ozeans. Die Strömung hatte sie bereits gepackt und trug sie fort. Lizzy ruderte mit allen vieren und schlug um sich, doch den Wassermassen des Atlantiks war sie nicht gewachsen. Sie geriet zunehmend in Panik und ihre Schwimmbewegungen wurden zu einem hektischen Planschen und wilden Um-sich-Schlagen, als sie sich verzweifelt zu den Felsen zu retten versuchte. Die Strömung zerrte an ihr, jede neue Welle trug sie ein Stück weiter weg vom sicheren Ufer. Sie würde nicht mehr lange kämpfen können, sie würde ertrinken ...

»Hilfe!«, schrie Lizzy prustend, als ihr auch schon die nächste Welle ins Gesicht platschte. »Hilfe!«

Wegen des Wassers in den Augen konnte Lizzy nur verschwommen sehen, dass etwas auf sie zukam. Einen Moment lang glaubte sie, sie würde gleich gegen einen Fels unter Wasser geschleudert werden – doch dann konnte sie für einen Augenblick klar sehen und die stromlinienförmigen Umrisse eines Delfins erkennen. Etwas Silbernes glänzte entlang seinem Rücken und Lizzy streckte hektisch eine Hand nach ihm aus. Ihre Finger bekamen die Rückenflosse zu fassen, und plötzlich war noch ein zweiter Delfin da, an dessen Flosse Lizzy sich mit ihrer zweiten Hand festklammerte. Sie hatte irgendwo mal gelesen, dass Delfine Menschen manchmal aus Seenot retteten – jetzt wusste sie, dass diese Geschichten stimmten. Die Delfine waren gekommen, um sie zu retten! Sie waren ...

Lizzys anfängliche Erleichterung verwandelte sich jedoch in Panik, als die Delfine unvermittelt ins Wasser eintauchten und sie mit sich rissen. Sie versuchte, sich zu wehren, und ließ die Flossen los, um wieder an die Wasseroberfläche zurückzukehren. Doch die Delfine drängten sich dicht an sie und klemmten sie zwischen ihren glatten, glitschigen Körpern ein. Und plötzlich war noch ein dritter Delfin da, direkt über Lizzy, der sie nach unten drückte. Wie die geheimnisvolle Kraft in ihrem Traum zogen die drei Delfine sie nach unten, immer tiefer und tiefer. Lizzy sah wirbelnde Farben, war umgeben von Grün und Blau und Türkis; ihre Ohren pochten, und ihre Lungen fühlten sich an, als würden sie gleich platzen. Sie brauchte Luft!

Und weil sie plötzlich nicht mehr anders konnte, riss sie den Mund auf ...

... und atmete!

Lizzy war klar, dass das nicht möglich war. Sie war ein Mensch! Sie konnte nicht wie ein Fisch unter Wasser atmen. Es musste wieder ein Traum sein; sie lag bestimmt in ihrem Bett und würde gleich aufwachen ... oder vielleicht, dachte sie plötzlich ganz ruhig und gelassen, war es so, wenn man ertrinkt. Man fiel in eine Art Trance oder hatte eine Halluzination. Man hatte keine Angst mehr, sondern fand alles sanft und schön. Die Unterwasserwelt war wirklich märchenhaft. Lichtstrahlen zauberten faszinierende Muster, über ihr hellere, unter ihr dunklere. Ein Fisch mit blau, grün, orange und dunkelrot glänzenden Schuppen schwamm an ihr vorbei, ein Schwarm winziger, sich schlängelnd fortbewegender Sandaale flitzte an ihrem Gesicht vorbei. Dann sah Lizzy unter sich den glatten, bleichen Sand auf dem Meeresgrund. Hier und da lag ein einzelner Felsbrocken, auf dem Seeanemonen festsaßen, die wie exotische Blumen aussahen und ihre Tentakel in der Strömung schaukeln ließen. Wie verzaubert, als stünde sie unter einem seltsamen, undefinierbaren Bann, staunte Lizzy über so viel Schönheit, während die Delfine sie weiter nach unten trugen. Das Wasser war herrlich klar, und obwohl Lizzy wusste, dass ihr eigentlich kalt sein müsste, war ihr komischerweise angenehm warm.

Der Delfin zu ihrer Rechten – der mit dem Silberstreifen auf dem Rücken – stieß einen Pfeifton aus, oder zumindest glaubte Lizzy, dass es einer war. Jedenfalls konnte sie ein Geräusch hören, das im Wasser sonderbar nachhallte. Wollte ihr der Delfin etwas mitteilen? Lizzy hatte diesen Eindruck, obwohl sie nicht verstand, was er ihr sagen wollte. Da kam von irgendwo weiter vorn ein Antwortpfiff und ein Schatten tauchte zwischen den Felsen auf dem Meeresgrund auf. Im ersten Moment konnte Lizzy die Gestalt nicht erkennen, die sich vom Meeresboden erhob und auf sie zuschwamm. Doch als sie sie dann erkannte, war der Schock so groß, dass sie unsanft aus ihrem Trancezustand erwachte und vor Überraschung die Augen aufriss.

Die schlanke Gestalt, die auf sie zuschwamm, war Kes!

Als er näher kam, drehten die drei Delfine ab und Lizzy schwebte plötzlich allein im Wasser. Kes lächelte ihr zu, doch Lizzy starrte ihn nur fassungslos an, während sich ihre Gedanken überschlugen. Wir sind unter Wasser. Aber wir können atmen! Es ist kein Traum, und ich ertrinke auch nicht – das alles ist REAL!

Kes lächelte immer noch: »Willkommen zu Hause!«

Beim Sprechen kam ein Schwall von Luftblasen aus seinem Mund. Unwillkürlich bewegte Lizzy ebenfalls die Lippen und sah ähnliche Blasen vor ihrem Gesicht aufsteigen.

»Ich ...« Sie testete ihre Stimme und merkte, dass sie ebenfalls sprechen konnte. »Ich ... ich verstehe nicht ...«

Kes legte einen Finger an die Lippen. »Pst! Alles in Ordnung. Du brauchst keine Angst zu haben. Du bist in meiner Welt – die auch deine Welt ist und immer deine Heimat war.« Er griff nach ihrer Hand. »Komm und schau sie dir an!«

Kapitel fünf

Ihr gesunder Menschenverstand sagte Lizzy, dass das alles nicht wahr sein konnte. Sie war ein normaler Mensch, so normal wie jedes andere Mädchen. Menschen lebten nicht unter Wasser. Das konnten sie nicht. Und doch war sie jetzt hier, atmete unter Wasser so mühelos wie oben an Land und schwamm mit Kes tief unten im Meer herum. Und überhaupt ... dieser Kes – was war er?

Lizzy schwirrten so viele Fragen durch den Kopf, dass sie gar nicht wusste, mit welcher sie anfangen sollte. Außerdem war hier unten alles so sonderbar und wunderschön, dass sie keine Zeit für Fragen hatte, um sich ja keinen der märchenhaften Anblicke entgehen zu lassen. Sie hätte nie gedacht, dass Seetang wie ein Wald aussehen könnte. Sie hätte sich nie träumen lassen, dass hier so viele verschiedene Fischarten herumschwammen, in allen nur denkbaren Farben und Formen. Und nie hätte sie gedacht, dass das Licht unter Wasser wie hundert Regenbogen schimmerte.

Sie schwammen gerade über eine unterseeische Felsnase mit Seeanemonen, zwischen denen winzige Krabben herumhuschten, die wie Edelsteine glänzten, als Lizzy vor sich etwas Graues schimmern sah. Wenig später schwamm der Delfin mit dem Silberstreifen neben ihnen her. Er tauchte unter Lizzy hindurch und über sie hinweg, drehte sich im Wasser wie ein großer, zutraulicher Hund, der spielen wollte. Als er einmal an ihr vorbeischwamm, sah Lizzy ihm in die Augen und glaubte, darin so etwas wie Schalk aufblitzen zu sehen. Sie hätte sich nicht gewundert, wenn er ihr auch zugezwinkert hätte.

Der Delfin pfiff mehrmals hintereinander und Kes grinste. »Das ist übrigens Arhans«, sagte er. »Und sie sagt, sie mag dich sehr.«

»Du kannst sie verstehen?« Lizzy war verblüfft.

»Ja, natürlich. Das kannst du auch lernen. Es ist nicht schwierig. Du musst nur genau hinhören, dann kommt es irgendwann von allein.«

»Wie? Andere Menschen können doch auch nicht mit Delfinen reden. Warum sollte ich es können?«

»Ähm …« Kes' Gesicht wurde plötzlich ernst. »Ja, ich denke, ich sollte dir alles erklären.« Er stellte seine Schwimmbewegungen ein und ließ sich von der Strömung treiben. Etwas ängstlich, wie Lizzy fand, blickte er sich um, ehe er fortfuhr: »Aber besser nicht hier. Gehen wir lieber an den Strand zurück. Aber vorher …«

Er griff nach hinten, und Lizzy merkte erst jetzt, dass er etwas auf dem Rücken trug. Es sah aus wie eine Schultertasche, die jedoch aus Seegras gewebt zu sein schien. Kes wühlte darin herum und holte eine große, leere Muschel heraus, die sich spiralförmig verjüngte.

»Für dich«, sagte er. »Aus meiner Sammlung.«

»Oh, die ist aber schön! Danke!« Sie wollte nach der Muschel greifen, doch Kes schüttelte den Kopf.

»Sie ist nicht nur schön, sondern sie hat auch eine besondere Eigenschaft. Ich gebe sie dir, sobald wir an Land sind, und dann erzähle ich dir alles. Komm, wir sollten wieder zurückkehren.«

Er schwamm in einem schön geschwungenen Bogen nach oben. Lizzy zögerte zuerst, doch Arhans stupste sie schnatternd an, als wollte sie Lizzy ermuntern, Kes zu folgen. Lizzy hatte das Gefühl, der Delfin wolle ihr sagen, sie brauche sich keine

Sorgen zu machen, es sei alles in Ordnung. Langsam setzte auch sie sich in Bewegung und teilte das Wasser mit Armen und Beinen, während sie sich von der märchenhaften Unterseewelt abwandte, um wieder an die Oberfläche zurückzukehren.

Unweit des Strandes, der noch immer menschenleer war, tauchten sie aus dem Wasser auf. Nicht einmal die Rettungsschwimmer waren da, was bedeutete, dass es noch ziemlich früh sein musste. Dabei schien die Sonne schon warm auf Lizzys Haut, als sie ihre wackligen Beine auf den trockenen Sand setzte. Das Wasser triefte aus ihren Haaren und ihrer Kleidung, und sie merkte, dass sie zitterte, aber nicht vor Kälte, sondern wegen des Schocks. War es wirklich wahr? Jetzt, wo sie wieder festen Boden unter den Füßen hatte, konnte sie es kaum noch glauben.

Verwirrt drehte sie den Kopf und blickte aufs Meer zurück. Arhans war verschwunden. Der Delfin war weggeschwommen, sobald Lizzy wieder sicher an Land war, und nichts deutete darauf hin, dass er jemals hier gewesen war. Doch Kes war noch da, er stand knietief im Wasser und schaukelte im Rhythmus der Wellen hin und her. Einen schrecklichen Moment lang fürchtete Lizzy, er würde gleich ins Meer zurücktauchen und wie Arhans verschwinden. Doch er watete auf sie zu und hatte die Muschel aus seiner Schultertasche noch in der Hand.

»Es tut mir leid«, sagte er, »aber ich konnte dir die Wahrheit nicht früher sagen. Du hättest mir nicht geglaubt. Ich musste warten, bis du es selbst herausfindest.«

Lizzy schluckte. »Du meinst, ich könnte ... ich kann ...«

»Unter Wasser leben? Ja. Das konntest du schon immer.«

Lizzy war total verwirrt und rief wütend: »So ein Unsinn! Das ist gelogen! Total verrückt! Ich konnte noch nie unter Wasser atmen!«

»Doch, das hättest du gekonnt. Du hattest es nur vergessen. Die Delfine haben gewusst, wer du bist, sobald sie dich sahen. Deshalb haben sie dir gezeigt, dass du sehr gut unter Wasser schwimmen kannst, und es ist dir dann wieder eingefallen.«

Lizzy starrte ihn an. Sie zitterte mehr denn je, wollte es sich aber nicht anmerken lassen. »Was meinst du mit: Sie haben es gewusst?«, fragte sie. »Für wen haben sie mich gehalten?«

Kes' blaue Augen bohrten sich in ihre. »Ich hab's

dir schon gesagt«, sagte er, »du bist meine Schwester. Wir sehen uns nicht ähnlich, aber wir sind Zwillinge. Arhans hat mir gesagt, dass du zurückgekommen bist. Als ich dann dein Medaillon gefunden und gesehen habe, wie du den Strand danach abgesucht hast ...« Seine Stimme kam plötzlich ins Wanken. »Weißt du ... du siehst genau wie unsere Mutter aus.«

Lizzy hatte das Gefühl, gleich in Tränen auszubrechen. Sie hätte so schrecklich gern geglaubt, was Kes da sagte. Aber konnte sie es auch? Wagte sie es? Oder war das alles nur ein seltsamer Traum, aus dem sie urplötzlich erwachen würde?

Nur mit größter Mühe konnte sie sich wieder einigermaßen fassen. »Falls ich wirklich deine Schwester bin«, flüsterte sie, »warum wurde ich dann adoptiert? Warum hat mich deine Mutter ...« – sie brachte es nicht über sich, unsere Mutter zu sagen – »... weggegeben?«

Jetzt wurde Kes wütend. »Das hat sie nicht getan! Du wurdest entführt! Unser Vater ging an Land, um nach dir zu suchen, doch er kam nie zurück und –« Kes verstummte abrupt, als er Lizzys schockiertes Gesicht sah. »Hast du das nicht gewusst?«, fragte er.

»Nein, natürlich nicht! Woher auch? Niemand

konnte mir etwas über meine Herkunft sagen. Ich weiß nur, dass ich ausgesetzt wurde. Da es keinerlei Spuren oder Hinweise gab, kam ich in ein Waisenhaus und wurde dann von den Baxters adoptiert.« Lizzy begann zu schluchzen. »Ich weiß nicht, was ich denken soll. Ich weiß nicht, was ich glauben soll!«

»Ich bin dein Bruder!«, sagte Kes mit sanfter Stimme. »Das kannst du mir glauben.« Und Lizzy sah, dass auch Kes Tränen in den Augen hatte.

Obwohl Lizzy völlig durcheinander war, fiel ihr plötzlich etwas auf. Menschen konnten nicht unter Wasser leben. Sie und Kes offenbar schon. Und das musste bedeuten ...

Lizzy holte tief Luft und fragte: »Kes ... was sind wir? Sind wir Menschen – ich meine richtige, normale Menschen? Oder –?« Sie brachte es nicht über die Lippen.

Kes starrte vor sich in den Sand. »Unser Vater war ein Mensch. Er hieß Jack; das ist alles, was ich über ihn weiß. Ich war noch zu klein, als er wegging, und kann mich nicht an ihn erinnern.«

»Er ging weg, um nach mir zu suchen?«

Kes nickte.

»Und ... und deine Mutter ...?«

Kes lachte verlegen. »Sie heißt Morvyr«, sagte

er. Erst nach einer Pause fuhr er fort: »Sie ist eine Meerfrau.«

Lizzy starrte ihn an. »Eine was?«

Kes zuckte mit den Schultern. »Sie ist eine ...«

»Ich hab's gehört! Aber es gibt keine Meermenschen! Die Sache mit den Meerjungfrauen und so weiter ist ein Ammenmärchen!«

Er zuckte erneut die Schultern. »Das glauben die meisten Landbewohner. Aber sie irren sich.« Endlich hob er den Kopf wieder und starrte sie herausfordernd an. »Wie du so richtig gesagt hast, können Menschen nicht unter Wasser leben. Meermenschen schon!«

Sie starrten sich eine Zeit lang schweigend in die Augen. Urplötzlich und ohne Vorwarnung wurde es zu viel für Lizzy. Sie spürte, wie ihre Beine unter ihr nachgaben. Hilflos plumpste sie in den Sand und begann zu lachen. Ihr Lachen war allerdings alles andere als fröhlich, es klang eher nach einem hysterischen Anfall. Doch sie konnte es nicht abstellen, und Tränen mischten sich ebenfalls darunter, und so kam es, dass sie sich schließlich beide Hände vors Gesicht hielt und einen heftigen Schluckauf hatte.

»Entschuldige«, sagte Kes. »Aber du hast gefragt.«

Das fand Lizzy so lustig, dass sie erneut lachen musste. Kes kam zu ihr und klopfte ihr verlegen auf die Schulter. »Entschuldige«, wiederholte er. »Es ist meine Schuld.«

»W-was?«, stammelte Lizzy.

»Na, dass du jetzt unter Schock stehst. Es tut mir ja so leid ... Ich wollte dir die Wahrheit sagen, als wir uns vorhin trafen, habe es aber nicht geschafft. Ich habe die Nerven verloren und bin weggelaufen. Aber ich wollte natürlich nicht, dass du ins Meer fällst.«

Lizzy schaute zu ihm hinauf. »Aber die Delfine hatten andere Pläne, stimmt's?« Sie lächelte, um ihm zu zeigen, dass sie ihm nicht böse war, und Kes lächelte zurück.

»Ich denke schon. So sind sie, besonders Arhans. Sie ist sehr weise.«

»Aha, und deshalb hat sie mich ins Wasser hinuntergezogen. Um mir zu zeigen, was ich kann.« Lizzy runzelte die Stirn. »Was ich bin ...«

Kes kniete sich neben sie. Endlich reichte er ihr die Muschel. »Halte sie dir ans Ohr!«, sagte er. »Und sag mir, was du hörst.«

Lizzy kannte die alte Geschichte, dass man in einer Muschel das Meer rauschen hört. Sie und Rose hatten es im Urlaub am Meer schon oft gemacht.

Aber noch nie hier in Cornwall, zumindest bisher nicht ... Sie drückte sich die Muschel ans Ohr. Ein rauschendes Tosen war zu hören, das klang wie Wellen, die sich am Ufer brechen. Da sagte Kes: »Hör genauer hin!« Und zu Lizzys Erstaunen begannen sich die Geräusche auf einmal zu verändern. Das Rauschen und Tosen war zwar noch da, doch nun mischte sich ein undeutliches Gemurmel darunter.

»Das sind die Delfine, die sich miteinander unterhalten«, sagte Kes. »Sie sind froh und aufgeregt, weil du zurückgekehrt bist.«

»Es klingt schön«, flüsterte Lizzy.

»Es wird einige Zeit dauern, bis du dich darauf eingestimmt hast, aber wenn du es erst mal kannst, wirst du auch vom Land aus mit ihnen kommunizieren können. Und mit mir.« Kes lächelte. »Du musst nur diese Muschel an dein Ohr halten und wir sind bei dir.«

Ein Motorengeräusch brach plötzlich den Zauber des Augenblicks, und als Lizzy den Kopf drehte, sah sie den Jeep der Rettungsschwimmer langsam am Sandstrand entlangtuckern. Ihr Tagwerk begann – und Mum und Dad müssten inzwischen auch wach sein. Sie hatte ihnen einen Zettel hinlegen wollen, es aber in ihrer Eile, an den Strand zu kommen, vergessen. Was, wenn sie in ihr Zimmer schauten und merkten, dass sie gar nicht da war?

»Ich muss gehen!« Lizzy sprang auf. »Sonst machen sich meine Eltern Sorgen.«

»Kannst du nicht noch eine Weile bleiben?«, bat Kes.

»Nein, ich muss zurück!«

»Wann kommst du wieder?«

Lizzy musste kurz überlegen. Mum wollte heute in Penzance ein paar Dinge für das neue Haus kaufen. Rose und sie hatten bereits gesagt, sie würden gern mitkommen. Wenn Lizzy jetzt in letzter Minute absagen würde, wäre das verdächtig. »Morgen«, versprach sie. »Gleich morgen früh, hier am Strand.« Sie hatte plötzlich einen Kloß im Hals. Sie versuchte, ihn hinunterzuschlucken, doch das ging nicht. »Wirst du deiner Mutter von mir erzählen?«

»Natürlich!«, sagte Kes. »Sie kann es bestimmt kaum erwarten, dich zu sehen! Aber sie geht nicht in Küstennähe. Das ist zu schwierig für sie. Deshalb wirst du zu ihr gehen müssen.« Er machte eine Pause. »Willst du?«

Lizzys Augen strahlten. »Aber ja, gern!« Da fiel ihr plötzlich noch etwas ein. »Kes ... im Waisenhaus gab man mir den Namen Elizabeth – Lizzy –, weil niemand wusste, wie ich wirklich hieß.« Sie schluckte erneut. »Weißt du, wie mein richtiger Name lautet?«

»Natürlich.« Kes lächelte. »Tegenn.«

Tegenn. Das klang so fremd, so ungewohnt. Aber so heiße ich, sagte sich Lizzy. Das ist mein richtiger Name ...

Sie konnte den morgigen Tag kaum erwarten.

Kapitel sechs

Als Lizzy zu Hause eintraf, kam ihr das, was sie erlebt hatte, schon etwas unwirklich vor. Sie war völlig durcheinander – es war eine Mischung aus Schock, Aufregung und Verwirrung –, fast so, als sei ihr Kopf nicht groß genug, um das Erlebte aufzunehmen und sich einen Reim darauf zu machen. Sie ging um das Haus herum, schob vorsichtig die Hintertür auf und spähte in die Küche. Es war niemand zu sehen und auch nichts zu hören. Vielleicht waren Mum und Dad ja noch gar nicht wach.

Lautlos wie ein Gespenst schlich Lizzy die Treppe hinauf in ihr Zimmer. Auf dem Tisch stand ein Spiegel und sie setzte sich davor und betrachtete ihr Spiegelbild. Ihr eigenes Gesicht starrte zurück: eher pausbäckig, hellhäutig, mit einer Stupsnase (die Dad manchmal als »süßen kleinen Knopf« bezeichnete) und etlichen Sommersprossen. Die lockigen blonden Haare waren zerzaust; obwohl sie noch tropfnass waren, ringelten sie sich – widerspenstig wie immer – um ihr Gesicht. Sie benahmen sich nie so, wie Lizzy es wollte, und obwohl sie sie erst neulich ziemlich kurz geschnitten hatte, weigerten sie sich standhaft, eine ordentliche Frisur abzugeben. Du siehst genau wie unsere Mutter aus, hatte Kes gesagt. Das konnte sich Lizzy kaum vorstellen. Doch ihre Augen ... oh ja, die sahen genau wie Kes' Augen aus. Sie waren strahlend blau, wie der Himmel und das Meer an einem Sommertag ...

Eine Seemöwe landete auf dem Dach über ihrem Zimmer und begann, heiser zu krächzen. Davon würden Mum und Dad bestimmt aufwachen – wenn Lizzy sich nicht beeilte, würden sie sie ertappen, ehe sie sich umgezogen hatte! In aller Eile zog Lizzy sich aus. Als sie nach Hause gerannt war, hatten Sonne und Wind ihre Kleidung etwas getrocknet, aber sie war immer noch verräterisch feucht. Lizzy fand eine Plastiktüte, stopfte ihre Sachen hinein und ließ die Tüte dann unter ihrem Bett verschwinden. Sie würde ihre Kleidung später in die Waschmaschine stecken. Es jetzt gleich zu tun, wäre verdächtig. Dann schnappte sie sich ein paar trockene Kleidungsstücke und eilte damit ins Bad. Eine Dusche würde ihre nassen Haare erklären und mit etwas Glück würde niemand von ihrem morgendlichen Abenteuer erfahren.

Als sie nach dem Duschen das Bad verließ, kam Rose ihr im Flur entgegen.

»Oh, hast du diesen Lärm gemacht?«, sagte Rose und gähnte. »Du hast mich aufgeweckt! Wieso, um alles in der Welt, musst du so früh schon duschen?«

»Entschuldige«, sagte Lizzy. »Ich wollte nur früh aufstehen, weil heute so ein herrlicher Tag ist.«

»Echt?« Rose gähnte erneut. »Ich hab noch gar nicht nach draußen geschaut.« Sie war keine Frühaufsteherin. Normalerweise musste Mum mindestens vier Mal rufen, bevor Rose verschlafen zum Frühstücken herunterkam. »Na schön«, fügte sie widerwillig hinzu, »dann mach ich mir gleich mal eine Tasse Tee. An Einschlafen ist sowieso nicht mehr zu denken, wenn du hier weiterhin wie eine ganze Elefantenherde herumtrampelst.«

Lizzy grinste und ging in ihr Zimmer, wo sie die Vorhänge aufzog. Rose war ihr gefolgt und blinzelte, als es plötzlich so hell wurde. Sie betrachtete sich kurz in Lizzys Spiegel und rümpfte die Nase. »Was riecht hier so komisch?«

»Wie? Was meinst du?« Lizzy war nichts aufgefallen.

»Es riecht seltsam, irgendwie salzig. Wie am Meer. Du hast doch nicht etwa Wassereimer vom Strand hergeschleppt, oder?«

»Sei nicht albern, natürlich nicht!« Herrje, es mussten ihre nassen Sachen sein! Lizzy schielte auf den Boden vor ihrem Bett und hoffte, dass die Tüte nicht herauslugte. Doch da hatte Rose schon genug davon, sich im Spiegel zu betrachten.

»Oh, es muss das hier sein.« Zielgerichtet ging sie auf die spiralförmige Muschel zu, die Kes Lizzy geschenkt hatte. »Wow, die ist ja riesig! Wo hast du sie her?«

»Ich ... ähm, hab ich am Strand gefunden«, schwindelte Lizzy und merkte, dass ihr Herz plötzlich viel zu schnell schlug.

Rose grinste. »Weißt du noch, wie wir uns früher Muscheln ans Ohr gehalten haben, weil wir das Meer hören wollten? Ich wette, mit dieser hier geht es!«

Sie machte Anstalten, sich die Muschel ans Ohr zu halten, doch Lizzy machte einen Satz und riss sie ihr aus der Hand. »Nein, nicht!«, rief sie.

Rose starrte sie verblüfft an. »Hey, ich mach sie schon nicht kaputt.«

»Ich ... ich weiß ... Es ist nur so, dass ... na ja«, stotterte Lizzy. In ihrer Panik suchte sie verzweifelt nach einer halbwegs plausibel klingenden Ausrede. »Das ist doch Kinderkram, oder? Und wir sind keine kleinen Kinder mehr. Ich meine ...«

Sie verstummte verlegen. Rose musterte sie irritiert und sagte dann achselzuckend: »Okay, wie du meinst. Wenn du nicht willst, dass ich sie anfasse, dann lasse ich die Finger davon.«

»Das ist es nicht«, sagte Lizzy verlegen. »Es ist nur so, dass ...«

»Ach, vergiss es! Du spinnst, das ist alles. Ich mach mir jetzt Tee. Willst du auch welchen?«

Die Rettungsschwimmer waren so damit beschäftigt, ihre Gerätschaften aufzubauen, dass sie nicht sahen, wie Kes ins Wasser zurückwatete und aufs Meer hinausschwamm. Er suchte nach Arhans, doch das Delfinweibchen ließ sich nicht blicken. Das war sonderbar, wie er fand. Arhans war so glücklich über das Auftauchen von Kes' lang vermisster Schwester gewesen, dass er erwartet hätte, sie würde in der Nähe bleiben. Aber gut. Vielleicht war sie bereits zu seiner Mutter geschwommen, um ihr diese Neuigkeit zu überbringen. Aber

Kes hoffte natürlich, dass er sich irrte, denn er wollte es seiner Mutter lieber selbst erzählen. Was für ein Gesicht sie machen würde!

Hinter den Brechern tauchte er unter Wasser und schwamm schnell nach Westen, wo sein Zuhause lag. Er war auch aufgeregt, noch aufgeregter als Arhans und ihre Artgenossen. Tegenn – beziehungsweise Lizzy – war tatsächlich seine Schwester! Er hatte sie wiedergefunden! Das war das Allerschönste, das Kes je erlebt hatte, und er wollte so schnell wie möglich in der Unterwasserhöhle sein, in der er mit Morvyr lebte.

Es dauerte nicht lange, bis er den Meereswald vor sich sah: lange Braunalgenbüschel, die sich wie fließende Haare in der Strömung wiegten. Die Halme kitzelten ihn, als er an ihnen vorbeischwamm. Es war schwierig, sich durch diesen dichten Wald aus Halmen zu schlängeln, und er hatte sich schon oft gefragt, warum seine Mutter ausgerechnet hier leben wollte und nicht an einem besser zugänglichen Ort. Doch immer, wenn er sie danach fragte, sagte sie: »Das wirst du verstehen, wenn du älter bist.«

Krebse huschten zwischen den Halmen herum und ein großer blauschwarzer Hummer streckte seine Fühler nach ihm aus. »Sieh lieber zu, dass du dich von Hummerfangkörben fernhältst!«, rief Kes ihm im Spaß zu, doch der Hummer würdigte ihn keiner Antwort. Er war schon zu alt und zu weise, um sich vor menschlichen Fischern zu fürchten. Aus den Tiefen des Seetangwaldes kam ein kleiner Tintenfisch herbeigeschwommen und blieb für eine Weile an Kes' Seite. Es war seltsam, aber Kes hatte keine Lust, ein Schwätzchen mit ihm zu halten. Er wollte nur eines: möglichst schnell zu seiner Mutter nach Hause schwimmen und ihr alles erzählen.

Dann endlich hatte er den Wald hinter sich und sah sie: die Höhle am Fuß eines großen Felsens auf dem Meeresgrund. Kes konnte den Vorhang aus Seetangwedeln sehen, die den Eingang verdeckten, umgeben von Seeanemonen, die ihre farbenprächtigen Tentakel träge in der Strömung schaukeln ließen. Kes setzte zum Endspurt an – als das Wasser im Inneren der Höhle plötzlich aufwirbelte. Der Gräservorhang teilte sich und seine Mutter schwamm heraus.

Morvyr zog ihre weißblonden Haare hinter sich her und ihre Augen waren so grau wie das Meer während eines Sturms. Ihre Haare hatten genau dieselbe Farbe wie Lizzys Haare. Doch statt zwei Beinen, wie die Menschen sie haben, hatte sie einen langen, grünen Schwanz, der wie ein Fischschwanz mit silbrigen Schuppen überzogen war.

»Kes, wo hast du gesteckt?« Die Meerfrau klang aufgeregt.

»Ich war an Land«, erklärte Kes. »Mutter, stell dir vor, ich ...«

»Wie oft muss ich dir noch sagen, dass du mich zuerst um Erlaubnis fragen musst, bevor du an Land gehst?«

»Tut mir leid, Mutter, aber Arhans war bei mir und hat auf mich aufgepasst. Du, Mutter ...«

Wieder ließ Morvyr ihn nicht ausreden. »Jetzt bist du wieder hier, das ist alles, was zählt. Kes, ich muss weg. Nicht für lange. Wenn alles gut geht, bin ich morgen um diese Zeit zurück.«

»Wohin gehst du?«, fragte Kes.

»Zur Königin.«

Kes erschrak. »Zur Königin? Was will sie?«

»Geschenke. Einer ihrer Boten kam vorbei.« Morvyr schüttelte sich leicht. »Sie hat alle Meermenschen aus dieser Gegend an einen Ort hinter Land's End beordert. Sie verlangt ihren Tribut.«

»Der nächste Tribut ist doch erst in drei Monden fällig!«, sagte Kes.

»Sie war mit den letzten Tributzahlungen nicht zufrieden und will mehr.«

»Das ist gemein!«

»Ich weiß, aber was können wir tun? Wir können uns nicht weigern. Du weißt, was passiert, wenn ihr jemand nicht gehorcht. Mächtig, wie sie ist, kann sie ihn bestrafen. Und gegen ihre Art von Magie sind wir hilflos.« Morvyr blickte auf den Beutel aus gewebtem Seetang, den sie um die Schulter hängen hatte. »Ich kann nur hoffen, dass sie diesmal mit den Sachen, die ich ihr bringe, zufrieden ist. Es sind Perlmuscheln, eine seltene Seetangart, die nur in der Tiefsee wächst, und ein paar silbrige Köder, die menschlichen Fischern aus ihren Booten gefallen sind. Und ...« Sie schluckte, ehe sie fortfuhr: »Und mein Korallenhalsband.«

»Doch nicht das, das Urgroßvater gebastelt hat, mit den Korallen, die er aus der Südsee mitgebracht hat, oder?«

Morvyr nickte traurig. »Ich habe keine andere Wahl, Kes. Mir blieb nicht genügend Zeit, um andere Dinge für sie zu sammeln.«

»Das ist nicht fair!«, rief Kes. »Die Königin ist egoistisch und habgierig. Ich hasse sie!«

»Pst!« Morvyr sah sich nervös um. »Das darfst du nicht sagen. Was wäre, wenn einer ihrer Spione dich hört? So, aber jetzt muss ich los. Die Königin wird zornig, wenn jemand zu spät kommt.«

»Mutter!«, rief Kes voller Verzweiflung, als sie bereits an ihm vorbeischwamm. »Ich muss dir unbedingt noch etwas erzählen ...«

»Das muss warten.«

»Es kann nicht warten!« Kes atmete tief ein. »Ich habe Tegenn gefunden!«

Wie vom Donner gerührt hielt Morvyn an und drehte sich um. »Was?!«

Kes schluckte. »Ich habe meine Schwester gefunden. Sie lebt an der Küste. In der Stadt, bei einer Menschenfamilie.«

Morvyrs Augen weiteten sich. »Das ist nicht wahr, oder?«

»Doch, es ist wahr! Sie heißt jetzt Lizzy, aber sie hat genau dieselben Haare wie du und ihre Augen haben dieselbe Farbe wie meine. Und sie kann unter Wasser atmen, genau wie wir! Und ihr Medaillon hat sie auch noch!«

»Oh, Kes ...« Die Lippen seiner Mutter begannen zu beben. Sie vergaß die Vorladung der Königin, kam zurück und packte Kes an den Oberarmen. »Erzähl! Erzähl mir alles!«

Kes machte den Mund auf, doch noch bevor er etwas sagen konnte, waren plötzlich andere Stimmen zu hören.

»Morvyr! Bist du noch nicht fertig?«

Aus dem Seegraswald tauchten drei Meerfrauen und zwei Meermänner auf. Alle hatten gewebte Beutel bei sich und waren sichtlich nervös.

»Komm schon, Morvyr!«, sagte eine ältere Meerfrau mit langen, silbernen Haaren.

»Wir müssen uns beeilen«, fügte eine andere hinzu, »sonst wird uns die Königin bestrafen!«

»Kes, ich muss leider los!«, sagte Morvyr. »Unsere Freunde haben recht – wir können es uns nicht leisten, die Königin zu verärgern.«

»Aber Tegenn …«

»Pst!« Sie legte sich einen Finger an die Lippen. »Sprich ihren Namen nicht laut aus. Und verrate niemandem etwas. Es muss unser Geheimnis bleiben, bis ich zurück bin.«

»Aber ich bin für morgen früh schon mit ihr verabredet.«

»Dann geh zu ihr, und sag ihr, dass ich dringend wegmusste. Und dass ich mich darauf freue, sie nach meiner Rückkehr zu treffen. Oh, Kes …«

»Komm endlich, Morvyr!«, riefen die anderen.

»Ich komme!«, rief sie ihnen zu und wandte sich noch einmal an ihren Sohn. »Sag es ihr, Kes! Und grüß sie von mir. Und pass gut auf dich auf!«

Ein kurzer Schlag mit der Schwanzflosse und sie schwamm zu den anderen. Innerhalb weniger Augenblicke war die kleine Gruppe hinter dem Gräservorhang verschwunden.

Kes starrte noch auf die Stelle, an der seine Mutter verschwunden war, als Arhans eintraf. Das Delfinweibchen stieß mitfühlende Klicklaute aus und Kes streichelte ihren samtigen Kopf. »Ich hasse die Königin!«, stieß er wütend hervor. Arhans schnatterte aufgeregt und er seufzte. »Ich weiß. Ich sollte es nicht sagen, für den Fall, dass mich jemand hört – das gäbe großen Ärger. Aber ich hatte mich schon so darauf gefreut, dass Tegenn und Mutter sich morgen sehen, und jetzt ist alles verdorben!«

Arhans schmiegte sich an ihn und pfiff leise. Er nickte widerwillig. »Du hast recht«, sagte er. »Auf einen Tag mehr oder weniger kommt es vermutlich nicht an. Und ich kann Tegenn in der Zwischenzeit ja sehen und mit ihr reden.« Er brachte ein schwaches Lächeln zustande. »Ich denke, ich sollte sie besser Lizzy nennen, nicht wahr? Diesen Namen ist sie gewöhnt. Obwohl er für mich eher fremd klingt.«

Im Seegraswald war Ruhe eingekehrt; alle waren weg. Kes seufzte. Er konnte genauso gut in die Höhle gehen, überlegte er sich, und warten, bis der nächste Tag anbrach. Etwas anderes blieb ihm nicht übrig.

Die langen Halme teilten sich, als er den Kelpwald verließ, um langsam auf sein Zuhause zuzuschwimmen. Es sah völlig anders als ein menschliches Zuhause aus. Die Höhle war eher niedrig, dafür aber sehr geräumig, und der sandige Fußboden war so hell, dass er mehr silbrig als gelb aussah. An den Wänden wuchsen Pflanzen in vielerlei Farben und Formen: flache Grünalgen, zarte Speise-Rotalgen, lederartige Braunalgenbüschel mit den knolligen Luftblasen, die Kes schrecklich gern aufgeknackt hatte, als er noch klein gewesen war. Ein Schwarm kleiner Fische schwamm ihm hastig aus dem Weg, schlängelte sich dann zur Decke der Höhle und versteckte sich in den Spalten, durch die gemächlich Napfschnecken und gestreifte Strandschnecken krochen. Auf einer Seite der Höhle stand ein Tisch, aus Treibholz gebastelt. Kes' Vater hatte ihn gebaut und er war der einzige Gegenstand in der ganzen Höhle, der Ähnlichkeit mit dem Mobiliar der Landbewohner hatte. Auf der anderen Seite gab es eine große, natürliche Nische im Fels, in der eine Decke aus Seetang lag. Hier schlief Morvyr. Um zu Kes' Schlafstätte zu gelangen, musste man durch einen kurzen Tunnel im hinteren Teil der Höhle schwimmen, und das tat er nun.

Sein Zimmer war klein und angefüllt mit allen

Schätzen, die Kes zusammengetragen hatte, seit er alt genug war, um allein im Meer herumzuschwimmen. Außer Steinchen in allen möglichen Farben und Muscheln aller Formen und Größen lagen hier noch ein altes Seil, der leuchtend orangefarbene Schwimmer eines Fischerboots, eine blaue Kinderschaufel aus Plastik und der Deckel einer Thermosflasche – alles Dinge, die Landbewohner am Strand verloren hatten und die von den Wellen weggespült worden waren. Doch am meisten liebte Kes seine Muscheln, und deshalb setzte er sich nun auf den Boden und begann, seine Sammlung zu sortieren.

Wo Lizzy wohl die Muschel aufbewahrte, die er ihr geschenkt hatte? Er versuchte sich vorzustellen, wie ihr Zimmer aussah. Vielleicht betrachtete sie gerade in diesem Moment seine Muschel und hielt sie sich ans Ohr? Kes griff nach einem ähnlich aussehenden Exemplar. Würde er sie hören? Er hätte so gern mit ihr geredet und ihr erzählt, was passiert war. Mit einem Seufzen ließ er die Muschel dann aber wieder sinken. Seine Mutter hatte gesagt, er müsse Geduld haben, und sie hatte recht. Morgen, dachte er. Morgen würde er Lizzy wiedersehen.

Er legte die Muschel weg und ließ sich von der Strömung langsam auf seine Schlafnische zutreiben.

Kapitel sieben

Für den Rest des Tages war Lizzy wie benommen. Ein Glück, dass sie durch den Einkaufsbummel mit Mum und Rose etwas abgelenkt war. Während der Autofahrt nach Penzance und beim Bummel durch die vielen Geschäfte konnte sie nicht ständig an die unglaublichen Dinge denken, die sie erst vor wenigen Stunden erlebt hatte. Als sie schließlich wieder nach Hause kamen, war Lizzy sehr viel entspannter und begann sich sogar schon zu fragen, ob sie das alles nur geträumt hatte.

Doch als sie ihr Zimmer betrat, fiel ihr Blick als Erstes auf die Muschel, die sie ins Regal gelegt hatte. Und draußen an der Wäscheleine hing ihre feuchte Kleidung, die sie gewaschen und noch schnell aufgehängt hatte, ehe sie nach Penzance gefahren waren ...

»Du siehst etwas angeschlagen aus, mein Schatz«, sagte Mum nach dem Abendessen. »Fühlst du dich nicht wohl? Du hast doch hoffentlich nicht zu viel Sonne abbekommen, oder?«

Lizzy schüttelte den Kopf. »Nein, mir geht es gut. Ich bin nur etwas müde, das ist alles.«

»Lizzy ist einfach kein Shopping-Fan, das ist ihr Problem«, sagte Rose. Sie war bester Laune, weil Mum ihr das Geld für zwei Paar Schuhe und eine neue Tasche gegeben hatte.

Da sagte Dad: »Darüber bin ich heilfroh. Zwei von euch, die das Geld mit beiden Händen ausgeben, würden Mum und mich in den Ruin treiben!« Er grinste, um Rose zu zeigen, dass seine Bemerkung nicht ganz ernst gemeint war, und Rose boxte ihm spielerisch gegen den Arm.

»Falls du dich morgen wieder fit fühlst, Lizzy«, hörte Lizzy ihre Mutter sagen, »könnten wir ja vielleicht einen kleinen Tagesausflug machen. Wir sollten allmählich anfangen, Cornwall zu entdecken.«

Lizzy erschrak. »Oh nein! Ich kann nicht ... ich meine ...« Sie schluckte, weil sie merkte, dass sie sich um ein Haar verplappert hätte. »Ich würde lieber an den Strand gehen«, führte sie ihren Satz verlegen zu Ende.

Mum schien etwas enttäuscht zu sein und gab zu bedenken, dass es unterwegs sicher auch Unmengen von Stränden gab. Da kam Rose Lizzy unerwarteterweise zu Hilfe.

»Oh, Mum ... können wir das nicht auf einen anderen Tag verschieben? Ich habe auch schon etwas vor.«

»Und was?«, fragte Mum.

Rose errötete leicht. »Ich ... ähm ... ich bin mit jemandem verabredet.«

»Ach ja?«, warf ihr Vater etwas spitz ein. »Und wer ist der Glückliche?«

»Er heißt Paul.« Rose schaute irgendwie schuldbewusst drein. »Er ist echt nett. Er ist hier aus der Gegend und sein Vater ist Fischer und hat ein eigenes Boot.«

»Und wie alt ist er?«, hakte ihr Vater nach.

»Siebzehn. Er würde euch gefallen, ehrlich«, sprudelte es aus Roses Mund. »Er ist ...«

Ihre Mutter musste lachen. »Hör auf, sie ins Kreuzverhör zu nehmen, Mark!«, sagte sie. »Rose ist alt genug, um einen Freund zu haben. Ich glaube mich zu erinnern, dass ich ungefähr in ihrem Alter war, als wir beide uns zum ersten Mal trafen.«

Sie und Rose begannen, Dad aufzuziehen. Lizzy

machte nicht mit, aber sie war sehr erleichtert. Es sah ganz so aus, als würde Mums Idee mit dem morgigen Tagesausflug somit ins Wasser fallen. Und das bedeutete, dass sie sich mit Kes treffen konnte.

An diesem Abend ging Lizzy früh zu Bett. Sie war müde und wollte für sich sein. In ihrem Zimmer griff sie nach der Spiralmuschel und drehte sie hin und her. Sie hatte ein bisschen Angst davor, sie ans Ohr zu halten – nicht wegen dem, was sie eventuell hören würde, sondern davor, dass sie nichts hören würde. Doch schließlich fasste sie sich ein Herz.

Sie hörte ein leises Rauschen und Brausen, das klang, als käme es von sehr weit her – genau wie beim letzten Mal. Ihr früherer Biologielehrer hatte einmal erklärt, es sei nur das Echo des Rauschens des Bluts im eigenen Kopf, doch irgendwie wusste Lizzy, dass es das Meer war. Auf einmal mischte sich etwas unter das beständige Grundrauschen. Die Stimmen der Delfine ... Lizzy versuchte sich einzubilden, dass sie sich nur genügend konzentrieren musste, um verstehen zu können, was sie sagten.

Langsam ließ Lizzy die Muschel dann sinken, ging zu der Bank unter ihrem Fenster und schaute über die Dächer und den sich verdunkelnden Hafen hinweg. Das Meer glänzte im Mondschein, und sie fand es schön zu wissen, dass Kes und die Delfine irgendwo dort draußen waren. Und dass sie morgen auf sie warten würden.

Der Lichtstrahl des Leuchtturms bewegte sich langsam über die Wasseroberfläche und verschwand dann in regelmäßigen Abständen für kurze Zeit auf seiner Runde. Lizzy beschloss, ihr Fenster und die Vorhänge in dieser Nacht offen zu lassen, stieg in ihr Bett und schloss die Augen.

Zu ihrer Überraschung schlief sie tief und fest, und als sie am nächsten Morgen erwachte, flutete das Sonnenlicht bereits in ihr Zimmer. In aller Eile zog sie sich etwas über und ging nach unten. Dort erwartete sie eine weitere Überraschung: Rose saß am Küchentisch, bereits geduscht und angezogen, und schlang ihr Müsli hinunter.

»Ha! Heute habe ich dich geschlagen!«, sagte Rose triumphierend. »Gehst du auch an den Strand?«

»Ähm ... ja.« Lizzy wurde nervös. »Warum?«

»Weil wir uns dann vielleicht später sehen. Ich bin mit Paul verabredet, und wir gehen wahrscheinlich schwimmen, weil das Wetter so schön ist.«

»Früh aufstehen und schwimmen gehen?«, sagte Dad und blickte von seiner Zeitung auf. »Ist es zu fassen? Dieser Paul muss ja einen erstaunlichen Einfluss auf dich haben!«

Rose streckte ihm die Zunge heraus. »Fischer stehen nun mal früh auf«, sagte sie.

»Hast du nicht gesagt, Paul ginge noch zur Schule?«

»Ja, stimmt. Aber manchmal geht er mit seinem Vater zum Fischen und folglich ist er ebenfalls Fischer.« Rose stopfte sich den letzten Löffel Müsli in den Mund und sprang auf. »Außerdem hab ich keine Zeit zum Plaudern. Also, bis später, ihr Faulpelze!«

Sie schnappte sich ihre brandneue Tasche und wirbelte zur Tür hinaus, wobei unter ihrem dünnen Baumwollhemdchen ein leuchtend blauer Tankini aufblitzte.

»So, so«, sagte Dad grinsend. »Rose ist ja wie verwandelt! Und was ist mit dir, Lizzy, mein Schatz? Triffst du dich am Strand auch mit irgendwelchen neuen Freunden?«

»Nein, Dad, ich möchte nur schwimmen gehen.« Lizzy schwindelte höchst ungern und hatte das schreckliche Gefühl, knallrot anzulaufen. Zum Glück schaute Dad bereits wieder in seine Zeitung.

Wenn er wüsste!, dachte sie. Aber Rose würde auch am Strand sein. Das könnte kompliziert werden – am besten, sie ging möglichst bald los und traf sich mit Kes, bevor ihre Schwester auftauchte.

»Wo ist Mum?«, fragte sie.

»Sie schläft noch.«

»Gut. Ich geh dann mal los, wenn das okay ist.«

»Willst du nicht vorher noch frühstücken?«

»Ähm ... eigentlich nicht. Ich habe noch keinen Hunger und außerdem sollte man vor dem Schwimmen nichts essen. Ich mache mir ein Käsebrot und nehme Obst mit. Das kann ich dann essen, nachdem ich im Wasser war.«

Zu ihrer Erleichterung hatte Dad keine Einwände. Lizzy rannte wieder nach oben, räumte in aller Eile ihr Zimmer auf und stürmte dann aus dem Haus. Als sie am Strand ankam, sah sie, dass sie nicht die Erste war. Etliche Leute waren schon im Wasser, andere lagen mit Windschutzplanen und Strandtaschen auf ihren Liegen oder Badetüchern. Auch der inzwischen wohlbekannte Jeep stand da und auf dem Dach saß einer der Rettungsschwimmer und schaute mit einem Fernglas aufs Wasser. Während Lizzy sich ihren Neoprenanzug über den Badeanzug anzog, hielt sie nach Kes Ausschau, doch er war nirgends zu sehen. Sie konnte nur hoffen, dass Rose nicht vor ihm auftauchte, sonst würde sie sicher mit der einen oder anderen unbequemen Frage rechnen müssen.

»Lizzy!«, hörte sie da eine Stimme hinter sich.

Lizzy wirbelte herum. Kes stand da. Er hatte Badeshorts an, doch seine Haare waren nicht nass.

»Hey, hast du mich erschreckt!«

»Ich warte schon ewig. Du hast doch gesagt, du würdest früh kommen.«

»Ich konnte nicht früher weg.« Lizzy wollte ihm nicht sagen, dass sie verschlafen hatte. Sie holte tief Luft. »Hast du es deiner Mutter erzählt?«

»Ja, sie konnte es kaum glauben, sie hat sich schrecklich gefreut. Ehrlich, so aufgeregt habe ich sie noch nie erlebt. Aber es gibt leider ein Problem. Sie kann dich heute nicht treffen.«

Lizzy machte ein langes Gesicht. »Warum nicht?«, fragte sie.

»Sie musste dringend weg«, sagte Kes. »Nur für einen Tag oder so, aber es ließ sich leider nicht verschieben.«

»Ist etwas passiert?«

Er runzelte die Stirn. »Nein, nein, nicht direkt, aber ...«

»Hallo, ihr zwei!«, hörte Lizzy da jemanden rufen, und als sie den Kopf drehte, sah sie Rose mit einem Jungen im Schlepptau in ihre Richtung kommen.

»Oh nein«, stöhnte Lizzy. »Das ist meine Schwester! Sie hat mir gesagt, dass sie auch an den Strand kommt, aber ich hatte gehofft, wir wären rechtzeitig weg.« Sie überlegte kurz. »Hör mal, du sagst am besten nur ›Hallo‹ und ›Freut mich, euch kennenzulernen‹ und solche Sachen. Den Rest des Gesprächs überlass mir.«

Rose und ihr Begleiter waren inzwischen bei ihnen angelangt und Rose strahlte Kes an. »Hallo, grüß dich! Ich bin Rose, Lizzys Schwester.«

»Das ist ein Freund von mir – Kes«, sagte Lizzy hastig, »der neulich mein Medaillon gefunden hat.«

»Ach ja! Du bist mir gleich irgendwie bekannt vorgekommen.« Rose grinste. »Aber letztes Mal warst du zu schüchtern, um mich zu begrüßen.«

»Er musste nur nach Hause, das war alles«, nahm Lizzy ihn in Schutz.

»Ach so. Aber egal, das hier ist ein Freund von mir, Paul Treleaven. Wenn du auch von hier bist, Kes, kennt ihr beide euch sicher.«

Kes schüttelte nur den Kopf und Paul sagte: »Ich glaube nicht. Hallo, Kes. Hallo, Lizzy. Freut mich, euch kennenzulernen.«

Er hatte noch dunklere Haare als Rose, braune Augen, ein offenes Lächeln und war braun gebrannt. Lizzy fand ihn auf Anhieb sympathisch, und dieser Eindruck verstärkte sich noch, als er hinzufügte: »Komm, Rose, ich habe nicht den Eindruck, dass die beiden hier großen Wert auf unsere Gesellschaft legen. Sie wollen allein sein. Gehen wir schwimmen!«

»Okay.« Doch Rose ließ Kes noch nicht aus den Augen. »Lizzy kann dich ja irgendwann mal mit nach Hause bringen. Unsere Eltern würden dich sicher auch gerne kennenlernen.«

»Ähm, ja«, sagte Kes. »D-danke ...«

Rose zog die Augenbrauen hoch und schaute ihre Schwester auf eine Weise an, die Lizzy ahnen ließ, dass Rose sie später noch tüchtig aufziehen würde. Doch zum Glück marschierten sie und Paul jetzt erst einmal davon.

Lizzy seufzte erleichtert. »Bin ich froh, dass sie weg sind! Kes, was ist mit deiner Mutter? Was hat sie vor, was wichtiger wäre, als mich zu treffen?«

»Ich habe nicht gesagt, dass sie gehen wollte, sie musste.« Kes schaute sich um. »Komm, suchen wir uns ein ruhigeres Plätzchen, dann werde ich dir alles erklären.«

»Der Leuchtturm?«, schlug Lizzy vor.

Sie gingen am Strand entlang auf den Leuchtturm zu und kletterten dann an den Felsen hinauf zu dem verlassenen Leuchtturm. Dort erzählte Kes Lizzy von der Vorladung der Königin.

»Wer ist diese Königin?«, wollte Lizzy wissen. »Auch eine Meerjungfrau?«

»Ja, sie heißt Taran. Sie ist sehr mächtig und alle fürchten sie.« Er kräuselte die Stirn. »Ihre Diener sind überall und spionieren die Leute aus. Und außerdem verlangt sie von jedem Tribut.«

»Welche Art von Tribut?«

»Meeresjuwelen, seltene Muscheln und Pflanzen ... eigentlich alles, von dem sie glaubt, dass es ihren Palast verschönert.« Er machte eine kurze Pause. »Mutter musste ihre Korallenhalskette opfern, weil sie keine Zeit hatte, etwas anderes zu finden. Die hat unser Urgroßvater für sie gebastelt und Mutter hängt sehr daran. Doch Taran bekommt immer, was sie will.«

»Können sich deine Leute nicht gegen sie wehren?«, fragte Lizzy. »Sie ist allein, ihr anderen seid in der Mehrheit. Wenn ihr euch verbündet und euch weigert, was kann sie da tun?«

Kes schüttelte den Kopf. »Ich habe dir doch schon gesagt, dass sie sehr mächtig ist. Ich weiß weder, woher sie ihre Macht hat, noch, wie sie sie einsetzt, aber sie kann wirklich viel Unheil anrichten. Wenn sie wütend wird, beschwört sie Stürme herauf. Und wenn jemand ihr nicht gehorcht, bestraft sie ihn körperlich oder verwüstet sein Heim oder tut noch gemeinere Sachen. Und dafür braucht sie ihren Palast gar nicht zu verlassen – sie setzt einfach ihre Kräfte ein und dann passiert es!«

»Was meinst du mit ›noch gemeinere Sachen‹?«, fragte Lizzy erschrocken.

Es gab eine längere Pause. Dann sagte Kes leise: »Manche Meerleute verschwinden für immer.«

»Was!?«

»Ja, glaub mir. Verwandte unserer Mutter zum Beispiel wohnten in der nächsten Bucht östlich von hier. Sie besaßen eine wunderschöne Muschel, so groß, dass man sich hineinlegen konnte, aus wunderschönem Perlmutt. Taran wollte sie haben, doch unsere Verwandten weigerten sich, sie herauszugeben. Am nächsten Tag wollten einige Freunde sie besuchen. Ihr ganzes Heim war verwüstet und die Muschel war weg. Und unsere Verwandten sind seither spurlos verschwunden.« Kes fröstelte. »Niemand hat je wieder von ihnen gehört.«

Lizzy sah Kes erschrocken an. »Das ist ja schrecklich!«

»Ja – und es wird immer schlimmer. Taran hat mein Volk inzwischen so ausgebeutet, dass wir kaum noch etwas haben, das wir ihr geben könnten. Trotzdem verlangt sie ständig mehr und mehr. Ich hasse sie! Und die Delfine und Seehunde und alle anderen netten Meeresbewohner hassen sie ebenfalls. Und dabei ist sie nicht einmal eine rechtmäßige Königin. Sie ist eine U…u…«

»Usurpatorin?« Letztes Jahr im Geschichtsunterricht hatte Lizzy von Usurpatoren gehört – unrechtmäßigen Machthabern oder Königen, die die Macht an sich reißen, obwohl sie ihnen gar nicht zusteht.

»Genau, eine Usurpatorin, so heißt es. Die alte Königin ist vor Jahren gestorben. Sie hatte eine Tochter, die ihre Nachfolgerin hätte werden sollen. Doch leider ist sie auf mysteriöse Weise verschwunden und seither ist Taran unsere Königin.« Kes beugte sich vor und flüsterte Lizzy ins Ohr: »Mutter sagt zwar, Taran sei zur neuen Königin gewählt worden, aber ich glaube nicht, dass es mit rechten Dingen zuging. Ich finde es sehr merkwürdig, dass die Königstochter über Nacht verschwunden ist.«

»Meinst du, Taran hatte etwas damit zu tun?«

Kes nickte. »Ich habe das eine oder andere Gerücht gehört. Nur ansatzweise, aber irgendwie bin ich da misstrauisch geworden. Einmal habe ich sogar gehört ...« Er zögerte, beugte sich dann wieder zu Lizzy und flüsterte: »Manche Meerleute glauben, sie hätte die Tochter der alten Königin entführt und ... getötet!«

»Aber warum redet deine Mutter nicht mit dir darüber? Warum will sie die Wahrheit nicht wissen?«

»Weil sie mich schützen will. Sie denkt, ich sei noch zu jung, um solche Dinge zu verstehen. Entweder das oder sie hat Angst, ich könnte mich irgendwann verplappern und ebenfalls verschwinden, genau wie diese Verwandten.« Er seufzte. »Du weißt ja, wie Mütter sind!«

Lizzy konnte sich ein Lächeln nicht verkneifen, doch es war nur von kurzer Dauer. »Sie hat also auch Angst, genau wie alle anderen ... Hast du Taran schon mal gesehen?«

»Nein, niemand bekommt sie je zu sehen. Ihr Palast ist weit weg, unten in der Tiefsee – wo genau, weiß niemand, doch alle sagen, man könne nur durch eine Art magische Pforte hineingelangen. Wenn die Meerleute ihren Tribut zahlen müssen, bestellt sie sie an einen bestimmten Ort, wo ihre Diener warten und die für die Königin bestimmten Geschenke entgegennehmen. Und falls die Königin hinterher nicht zufrieden ist, kommen ihre Diener zurück und verlangen noch mehr.«

Lizzy starrte aufs Meer hinaus und schwieg. Eine falsche Königin, Verschwörungen und Intrigen und magische Kräfte ... Kes' Unterwasserwelt barg mehr Geheimnisse, als sie sich hätte träumen lassen.

Da fiel ihr etwas ein. »Kes«, sagte sie, »du hast doch gesagt, ich sei als Baby entführt worden. Du denkst aber nicht, dass Taran auch dabei ihre Hände im Spiel gehabt haben könnte, oder?«

Nachdenklich sagte er: »Ich weiß nicht. Aber möglich wäre es schon ... Allerdings wüsste ich nicht, weshalb. Ich meine, wir sind keine wichtigen Leute oder so.«

»Dann frage ich mich, wer sonst ein Interesse daran gehabt haben könnte. Es ergibt keinen Sinn.« Wieder starrte Lizzy aufs Meer hinaus. »Irgendwie habe ich das Gefühl, dass deine Mutter dir so manches verschweigt. Und ich würde zu gerne wissen, was.«

»Ich habe natürlich versucht, alles herauszubekommen, aber sie sagt dann immer, das würde sie mir erzählen, wenn ich älter bin. Aber wenn wir beide sie fragen, könnte es ja sein, dass ...«

»Oh ja, ich denke, das sollten wir versuchen. Schließlich ...«, Lizzy zögerte und lächelte ihn dann etwas traurig an, »... ist sie die Einzige, die mir etwas über meine frühe Kindheit unter Wasser erzählen kann.«

Kapitel acht

Weder Lizzy noch Kes wussten viel zu sagen, als sie die Felsen wieder hinunterkletterten und dann an der Gezeitenlinie entlang am Strand zurückgingen. Lizzy starrte auf die kleinen, einlaufenden Wellen, die um ihre Knöchel schwappten. Sie war sehr enttäuscht. Sie hatte sich so darauf gefreut, Morvyr kennenzulernen, und nun musste sie sich noch mindestens einen weiteren Tag gedulden. Auch wenn es dafür einen guten Grund gab, war es trotzdem eine riesige Enttäuschung.

Kes' Stimme riss sie aus ihren Gedanken und sie hob den Kopf. »Entschuldige, was hast du gesagt?«

»Du warst mit deinen Gedanken meilenweit weg!« Er sah sie mitfühlend an. »Ich weiß, was du gedacht hast, und ich bin auch sehr enttäuscht. Ach so, was ich gesagt habe? Ich hatte gefragt, ob wir nicht ein bisschen schwimmen gehen sollen.«

»Du meinst – unter Wasser?«

»Klar.« Kes' Lächeln verwandelte sich in ein Grinsen. »Etwas Übung kann dir nicht schaden, oder?« Und noch ehe sie reagieren konnte, hatte er mit dem Fuß ausgeholt und spritzte sie nass.

»Hey!« Lizzys trübe Stimmung war auf einen Schlag wie weggeblasen, und sie spritzte zurück, indem sie zusätzlich noch die Hände zu Hilfe nahm. Und schon waren sie mitten in einer ausgelassenen Wasserschlacht. Irgendwann verlor Lizzy das Gleichgewicht und landete im flachen Wasser auf dem Po. Eine Welle schwappte ihr ins Gesicht und sie musste prusten und spucken. Lachend reichte Kes ihr die Hand und zog sie wieder auf die Beine.

»Schon besser«, sagte er. »Du siehst wieder viel fröhlicher aus. Komm, sehen wir zu, dass wir ins Wasser kommen, solange keiner der Rettungsschwimmer herschaut.«

Heimlich und von niemandem bemerkt, bewegten sie sich weiter hinaus und tauchten dann unter. Anfangs hatte Lizzy wieder Angst zu atmen, doch dann nahm sie allen Mut zusammen und das Luftholen ging wie von selbst, genau wie am Vortag.

Sie stellte auch fest, dass der Neoprenanzug ihr das Schwimmen wesentlich erleichterte. Darin kam sie sich fast wie ein Delfin vor, der geschmeidig und flink durchs Wasser flitzte.

Kes blickte über die Schulter zu ihr zurück und rief: »Komm, wir spielen: Einer führt! Ich wette, du schaffst es nicht, mir alles nachzumachen!«

»Pah! Und ob ich das schaffe! Die Wette gilt!«, rief Lizzy zurück.

Er grinste. »Das werden wir ja sehen!« Und schon schoss er davon, in einem komplizierten, blitzschnellen Zickzackkurs. Er war sehr gelenkig, wand und drehte und überschlug sich im Wasser. Lizzy bemühte sich sehr, ihm alles haargenau nachzumachen, und war selbst überrascht, wie gut sie viele seiner akrobatischen Übungen nachmachen konnte.

»Nicht schlecht!«, sagte Kes, nachdem er das Spiel für beendet erklärt hatte.

Lizzy grinste selbstzufrieden. »Und? Hab ich gewonnen?«

»Hm ... fast. Aber nicht ganz. Ich will dir noch etwas zeigen, und ich wette, um was du willst, dass du das nicht kannst. Willst du es sehen?«

»Klar!«, sagte Lizzy entschlossen.

»Gut, dann guck mal!«

Er holte Schwung und begann dann, in einem weiten Kreis um sie herumzuschwimmen. Lizzy wunderte sich, denn er tat eigentlich nichts Besonderes. Doch plötzlich merkte sie, dass er ganz allmählich seine Form veränderte ... Verblüfft sah sie, wie seine Beine miteinander verschmolzen. Sie waren plötzlich mit schimmernden Schuppen überzogen, seine Füße wurden länger und verwandelten sich in Schwanzflossen ... Dann war die Verwandlung abgeschlossen und statt zwei menschlichen Beinen hatte Kes einen prachtvollen Fischschwanz. Er war kein normaler Mensch mehr – er war ein Meerjunge geworden!

»Na?« Er schwamm zu Lizzy zurück, schnippte mit seiner Schwanzflosse und drehte sich einmal im Kreis. »Was sagst du jetzt?«

»Es ist ... der Wahnsinn! Ich hatte keine Ahnung, dass du das kannst!«

Kes grinste. »Geht ganz einfach. Ich bin schließlich nur zur Hälfte Mensch, wie du weißt.« Er machte eine kurze Pause. »Und du auch. Wenn du dich anstrengst, kannst du es sicher auch lernen.«

»Ich?«

»Natürlich. Es liegt auch in deiner Natur.«

Lizzy hatte sich noch nicht von ihrer Überraschung erholt. Aber andererseits ... wenn sie es sich genau überlegte, war es ja logisch. Sie war Kes' Zwillingsschwester – und das bedeutete, dass sie zur Hälfte eine Meerjungfrau war. Bei diesem Gedanken wurde ihr ganz schwindelig.

»Was ist?«, sagte Kes. »Versuch es doch mal! Es geht allein durch Willenskraft.«

Er schwamm wieder davon, diesmal etwas langsamer, und nach kurzem Zögern folgte ihm Lizzy. Willenskraft hatte Kes gesagt. Sie konzentrierte sich mit aller Kraft und versuchte, sich ebenfalls zu verwandeln. Doch obwohl sie zweimal das Gefühl hatte, es könne jeden Augenblick passieren, geschah rein gar nichts.

Nach einer Weile gab sie auf. »Es nützt nichts«, sagte sie enttäuscht. »Ich schaffe es nicht.«

»Macht doch nichts«, versuchte Kes sie zu trösten. »Ich habe auch nicht wirklich damit gerechnet, nicht beim ersten Mal. Du hast es noch nie zuvor versucht. Bis vor wenigen Minuten hast du gar nicht gewusst, dass es überhaupt möglich ist.«

»Aber bei dir sah es so leicht aus.«

Er lachte und ein Schwall Blasen kam aus seinem Mund und stieg blubbernd nach oben. »Na ja, ich hatte schließlich elf Jahre Zeit zum Üben, oder? Mach dir keine Sorgen, irgendwann kannst du es auch. Du musst nur Geduld haben.«

»Na, super. Du meinst, so viel Geduld wie für das Treffen mit Morvyr?«

Jetzt lachte Kes nicht mehr. »Ja«, antwortete er leise.

Plötzlich kam Lizzy sich gemein vor. »Entschuldige, das hätte ich nicht sagen dürfen. Auf ihre Rückkehr zu warten muss für dich auch schrecklich sein.«

Er griff nach ihrer Hand und drückte sie kurz, sagte aber nur: »Ich denke, wir gehen besser an den Strand zurück. Wir sind ein ziemlich weites Stück rausgeschwommen, mit all den Spielen und Kunststücken.«

Lizzy bemühte sich, ein fröhliches Gesicht aufzusetzen. »Es hat echt Spaß gemacht«, sagte sie. »Und weißt du was? Wenn ich erst mal gelernt habe, mich in eine Meerjungfrau zu verwandeln, werde ich so lange üben und üben, bis ich noch besser schwimmen kann als du.«

Rose grinste über den Küchentisch hinweg und sagte: »Lizzy hat einen Freund.«

Ihre Eltern schauten Lizzy überrascht an, und Lizzy spürte, dass sie feuerrot anlief. »Stimmt nicht!«, widersprach sie.

»Ach nein?« Roses Grinsen wurde noch spöttischer. »Wer ist dann dieser Kes, mit dem du am Strand die ganze Zeit zusammen warst? Ich habe gesehen, wie du mit ihm zum alten Leuchtturm gegangen bist.«

»Er ist nicht mein Freund«, sagte Lizzy abwehrend. »Er ist nur ... na ja, ein Junge, den ich zufällig kennengelernt habe.«

Ihre Mutter sah Lizzys Verlegenheit und sagte: »Hör auf, sie zu ärgern, Rose. Wenn Lizzy jemanden kennengelernt hat, dann ist das doch schön.« Sie lächelte Lizzy an. »Wer ist es, mein Schatz? Stammt er aus der Gegend oder macht er nur Urlaub hier?«

»Er ... er wohnt irgendwo in der Nähe«, murmelte Lizzy, noch immer rot im Gesicht. »Er ist der Junge, der mein Medaillon gefunden hat.«

»Na also, da hast du es, Rose! Lizzy hat jeden Grund, ihn zu mögen.«

»Außerdem musst du gerade reden, Rose!«, mischte sich ihr Vater nun in das Gespräch ein. »Bei dir heißt es doch nur noch ›Paul hier‹ und ›Paul da‹ ... Also, ich weiß nicht ...«

»Bring ihn doch mal mit nach Hause«, sagte ihre Mutter zu Lizzy. »Vielleicht zum Abendessen.« Sie schaute auf Rose. »Das gilt auch für Paul. Ich finde, es wäre an der Zeit, dass Dad und ich ihn kennenlernen.«

»Ich werde es mir überlegen«, sagte Rose lässig, und als ihre Mutter wegsah, grinste sie Lizzy an, als wollte sie sagen: Tja, jetzt lass dir was einfallen!

Lizzy streckte ihr nicht die Zunge heraus, wie Rose sicher von ihr erwartet hatte, sondern blickte weg. Sie fühlte sich unbehaglich, aber nicht wegen Roses Gemeinheiten. Sie stellte sich vor, was ihre Eltern sagen würden, wenn sie die Wahrheit über Kes erfuhren. Die Baxters liebten sie wie ihr leibliches Kind. Wie würden sie reagieren, wenn sie wüssten, dass Lizzy ihren Bruder gefunden hatte und bald ihre leibliche Mutter kennenlernen würde? Würden sie sich für sie freuen oder gekränkt sein? Wütend? Lizzy wusste es nicht und das bedrückte sie. Einerseits wollte sie es ihnen schrecklich gern erzählen, doch tief in ihrem Inneren wusste sie, dass sie es nicht tun durfte. Denn sonst müsste sie ihnen die ganze Geschichte erzählen – einschließlich der Tatsache, dass Morvyr eine Meerfrau und sie selbst nur zur Hälfte ein Mensch war. Das würden sie ihr natürlich nicht glauben. Wie auch? Sie würden denken, Lizzy hätte sich ein verrücktes Fantasiemärchen über ihre Herkunft ausgedacht, und sich Sorgen machen. Selbst wenn sie es ihnen bewies, indem sie ihnen vorführte, dass sie unter Wasser atmen konnte, was dann? Vielleicht würden sie sie dann sogar ablehnen. Schließlich würden die meisten Leute sie einen Freak nennen, ein Monster. Warum sollten Mum und Dad und Rose da eine Ausnahme sein? Sie würden sie nicht mehr lieben. Allein schon dieser Gedanke war unerträglich für Lizzy.

Sie merkte plötzlich, dass Rose sie anstarrte, und bemühte sich schnell, ein – wie sie hoffte – einigermaßen normales Gesicht zu machen.

»Lizzy?« Rose klang zerknirscht. »Hab ich dich geärgert? Entschuldige – war doch nur ein Scherz.«

Lizzy brachte ein schiefes Lächeln zustande. »Ich weiß«, sagte sie. »Ich bin ... nur etwas müde, das ist alles.«

»Du hast vermutlich zu viel Sonne, Sand und Meer abgekriegt, hm?«, sagte ihr Vater.

Die beiden Mädchen hörten nicht hin. »Weißt du was?«, fuhr Rose, an Lizzy gerichtet, fort. »Paul fährt morgen mit seinem Vater mit dem Fischkutter hinaus. Ich will zum Hafen gehen, um ihm nachzuwinken. Willst du nicht mitkommen?«

Lizzy zögerte. Sie wusste, dass dies Roses Art war, sich wieder mit ihr zu versöhnen, und sie hätte gerne Ja gesagt. Doch was war, wenn Morvyr zurückkam und sie sehen wollte? Trotz all ihrer Befürchtungen und Ängste gab es für Lizzy nichts Wichtigeres, als endlich ihre Mutter kennenzulernen.

»Ich ... ähm, ja, vielleicht«, sagte sie. »Ich werde es mir überlegen.«

Rose zuckte mit den Schultern und sah etwas beleidigt aus. »Wie du willst«, sagte sie. »War nur ein Vorschlag.«

»Danke.« Lizzy bekam ein schlechtes Gewissen. »Ich würde gern mitkommen, ehrlich ... wenn ich kann.«

Rose starrte sie fragend an, sagte aber nichts mehr.

Als Lizzy an diesem Abend im Bett lag, wurde sie von denselben Gedanken gequält, die ihr schon beim Abendessen zu schaffen gemacht hatten. Und als sie endlich einschlief, hatte sie wirre Träume, in denen Mum mit Taran kämpfte, der grausamen Königin der Meermenschen. Alles war so konfus und verwirrend, dass sie heilfroh war, als sie kurz nach sieben aufwachte.

Eine Zeit lang lag sie nur da, schaute zum Fenster hinaus in den Sonnenschein und versuchte, an nichts zu denken. Da hörte sie, dass sich unten im Erdgeschoss etwas rührte. Wahrscheinlich Dad, der fast immer als Erster auf den Beinen war. Sie verspürte keine Lust, nach unten zu gehen und mit ihm zu reden. Im Moment wollte sie mit niemandem reden.

Aber offenbar wollte jemand mit ihr reden.

Zuerst wusste sie nicht, woher das Geräusch kam. Es war eine Stimme, und Lizzy glaubte, dass sie ihren Namen rief. Aber Dad war es nicht. Jemand von draußen? Das konnte sich Lizzy nicht vorstellen und außerdem klang es sehr verzerrt. Verrückterweise schoss ihr der Gedanke durch den Kopf, dass es sich anhörte, als würde jemand unter Wasser ein Handy benutzen.

Unter Wasser ...

»Oh!« Lizzy schnappte vor Schreck nach Luft und setzte sich auf. Die Stimme kam aus ihrer Muschel!

Sie sprang aus dem Bett, schnappte sich die Muschel und hielt sie sich ans Ohr. Die Geräusche des Meeres gluckerten und rauschten – dann glaubte sie ihren Namen erneut zu hören, obwohl er fast zwischen den anderen Geräuschen unterging.

»Kes?«, rief sie.

»Lizzy ... Lizzy ...« Hörte sie es wirklich oder

bildete sie es sich nur ein? Sie hätte es nicht sagen können. Doch ein komisches Gefühl überkam sie. Der Strand – sie musste so schnell wie möglich an den Strand!

Die Stimme in der Muschel wurde schwächer, als die Meeresgeräusche aufs Neue anschwollen. Lizzys Hand zitterte, als sie die Muschel wieder weglegte, doch ihre Augen strahlten. Kes hatte sie gerufen. Und sie hatte ihn gehört. Und die Nachricht, die sie irgendwie erahnt hatte, konnte nur eines bedeuten: Morvyr musste zurück sein!

Lizzy merkte, dass Küchengerüche heraufdrangen. Frühstück! Doch sie war viel zu aufgeregt, um auch nur an Essen zu denken. Hastig zog sie sich das Erstbeste über, das sie fand, und polterte die Treppe hinunter.

Ihr Vater stand am Herd und briet Eier mit Speck.

»Morgen, mein Trampelchen!«, begrüßte er sie fröhlich und winkte ihr mit seinem Pfannenwender zu. »Keine Sorge, es ist für alle genügend da!«

Lizzy blieb erschrocken stehen. »Oh ... nein, danke, Dad. Ich ... ich habe eigentlich keinen Appetit.«

Dad musterte sie besorgt. »Das hast du gestern schon gesagt. Hoffentlich wirst du nicht krank ...«

Lizzy schüttelte den Kopf. »Aber nein, ich fühle mich pudelwohl.«

»Aber es sieht dir gar nicht ähnlich, zwei Tage hintereinander nicht frühstücken zu wollen. Vielleicht sollte ich mal mit deiner Mutter reden ...«

»Nein!« Wenn ihre Eltern glaubten, sie sei krank, würden sie sie nicht an den Strand gehen lassen. Lizzy hatte keine andere Wahl: Sie musste mitspielen. Und obwohl sich ihr bei dem Gedanken an das Frühstück der Magen umdrehte, fügte sie hastig hinzu: »Na gut, dann esse ich eben etwas!«

»Braves Mädchen! Bist du so nett und sagst Mum Bescheid, dass das Frühstück fertig ist?«

»Okay. Ist sie noch oben?«

»Ja, sie zieht sich gerade an. Sie will heute Morgen nach Truro, wegen dieser Stelle in der Krankenhausverwaltung.«

»Oh, gut.« Ihre Mutter hatte halbtags gearbeitet, seit die Mädchen alt genug waren und sie nicht mehr ständig brauchten. Es wäre schön für sie, wenn sie so kurz nach dem Umzug bereits einen neuen Job fände, dachte Lizzy. »Und was ist mit Rose?«, fragte sie.

»Ich an deiner Stelle würde sie lieber ausschlafen lassen«, sagte Dad. »Sie scheint ihren Frühaufsteher-Tick abgelegt zu haben und Eier mit Speck mag sie sowieso nicht. Ruf Mum, dann setz dich! Alles ist fertig.«

Lizzy zwang sich, ein Spiegelei, einen Speckstreifen und eine halbe Tomate zu essen. Hoffentlich würde ihr nachher nicht schlecht werden. Während Lizzy noch mit dem Essen kämpfte, sagte Mum: »Willst du heute Morgen an den Strand gehen oder kommst du lieber mit nach Truro? Dann können wir nach meinem Vorstellungsgespräch noch ein bisschen einkaufen gehen.«

Lizzys Herz machte einen Satz. »Oh ... der Strand wäre mir ehrlich gesagt lieber. Für einen Stadtbummel ist es etwas zu heiß.« Sie schaute ihre Mum hoffnungsvoll an. »Ist das okay?«

»Ja, natürlich. Aber wenn du ins Wasser gehst, sieh zu, dass du in Sichtweite der Rettungsschwimmer bleibst, verstanden?«

»Verstanden.« Doch insgeheim dachte Lizzy: Oh, Mum, wenn du wüsstest ...!

Kapitel neun

Sobald Lizzy so viel gefrühstückt hatte, dass Mum und Dad beruhigt waren, packte sie ihren Neoprenanzug in die Strandtasche und rannte den ganzen Weg zum Strand hinunter. So früh war noch kaum jemand unterwegs, und als sie ans Ufer rannte, sah sie weiter draußen im Wasser eine Bewegung, und kurz darauf tauchte Kes' Kopf auf.

»Du hast mich gehört!«, sagte er begeistert, als er auf sie zuwatete.

»Ja!« Lizzys Augen strahlten. »Es war toll – ich hab zwar nicht genau verstanden, was du gesagt hast, aber ich wusste, dass du mich treffen wolltest. Ist Morvyr zurück?«

Er nickte. »Gestern Abend kam sie nach Hause. Und sie hat mich gleich heute früh losgeschickt, um dich zu holen. Sie ist schrecklich aufgeregt!«

»Ich auch.« Lizzys Herz hämmerte gegen die Rippen. Mit fahrigen Bewegungen schlüpfte sie in ihren Neoprenanzug. »Ich kann es kaum glauben, sie endlich zu sehen und auch zu sehen, wo du wohnst ...«

»Ähm ...«

Lizzy erstarrte mitten in ihrer Bewegung. »Stimmt etwas nicht?«

Er runzelte die Stirn. »Doch, doch, aber ... Ich finde es auch etwas komisch, aber sie will nicht, dass ich dich zu uns nach Hause bringe. Sie will uns in einer anderen Höhle treffen, etwas weiter die Küste hinunter.«

»Warum?«, fragte Lizzy verwundert.

»Keine Ahnung. Ich habe sie natürlich nach dem Grund gefragt, aber sie meinte, es sei für alle besser so.«

»Das verstehe ich nicht«, sagte Lizzy. »Will sie nicht, dass ich sehe, wie ihr lebt? Es war doch früher auch mein Zuhause.«

»Ich verstehe es auch nicht. Es könnte allerdings mit dem zusammenhängen, was ich gestern auf dem Nachhauseweg erlebt habe ...«

»Was denn?«

»Ich hatte das komische Gefühl, verfolgt zu werden. Als würde mich jemand beobachten.« Kes warf einen Blick über seine Schulter aufs Wasser, fast so, als erwarte er insgeheim, sein mysteriöser Verfolger könne jeden Augenblick aus dem Meer steigen. »Ich habe es Mutter natürlich erzählt. Sie meinte, ich solle mir keine Sorgen machen, aber vielleicht hat sie sich deshalb für einen anderen Treffpunkt entschieden.«

»Und du weißt nicht, wer es war?«

»Nein. Ich habe mich zwar ein paarmal umgeschaut, aber niemanden gesehen. Es war nur so ein komisches Gefühl.«

»Und wie war es heute Morgen? Hattest du auf dem Weg hierher dasselbe Gefühl?«

Kes schüttelte den Kopf. »Allerdings sind Arhans und die anderen Delfine in der Nähe. Vermutlich will sich mein Verfolger – falls er überhaupt existiert – nicht mit den Delfinen anlegen.«

Lizzys Vorfreude bekam einen Dämpfer. Jemand hatte Kes verfolgt ... warum? Was wollte er? Und warum hielt er sich von den Delfinen fern? Lizzy schaute aufs Meer hinaus und sagte: »Meinst du, es ist gefährlich, jetzt hinauszuschwimmen?«

»Aber nein, Arhans ist in der Nähe. Hör mal, wir sollten besser gleich los, bevor die Rettungsschwimmer kommen und uns sehen. Bist du bereit?«

War sie bereit? Lizzy zögerte. Endlich würde sie ihre leibliche Mutter treffen ... war sie wirklich bereit dazu?

Entschlossen schob sie ihre Zweifel beiseite und schluckte. »Ja«, sagte sie.

Kes lächelte. Gemeinsam wateten sie ins Wasser, warfen sich in die Wellen und entfernten sich mit kräftigen Zügen von der Küste. Nachdem sie die Brandung hinter sich gelassen hatten, drehten sich beide noch einmal um zum Strand.

Lizzys Herz klopfte zum Zerspringen. Doch sie wusste inzwischen, dass sie es konnte.

Gemeinsam tauchten sie unter und waren verschwunden.

Wieder war Lizzy völlig überwältigt von so viel Schönheit, als sie hinter Kes durch die blau-grüne Märchenwelt nur wenige Meter unterhalb der Wasseroberfläche schwamm. Sie konnte das Brausen der Brandung noch hören, eine Art rhythmisches, donnerndes Rauschen, doch je weiter sie sich vom Land entfernten, desto schwächer wurde es. Schließlich verstummte es ganz, und man hörte nur noch das leise Rauschen der Strömung, die an ihnen vorbeifloss. Kes hatte sich nicht in einen Meerjungen verwandelt, trotzdem schwamm er blitzschnell und trieb Lizzy ständig an. Sie bemühte sich, mit ihm mitzuhalten, und fand, dass es überraschend einfach ging. In einiger Entfernung konnte sie undeutlich andere Gestalten sehen, geschmeidig und schnell: Es waren Delfine. Einer hatte einen Silberstreifen auf dem Rücken, und Lizzy hörte, wie sie mit Pfeiftönen miteinander kommunizierten. Es war beruhigend, sie in der Nähe zu wissen.

Nach einer Weile wendete Kes und schwamm nach oben. Lizzy machte es ihm nach und kurz darauf waren ihre Köpfe an der Luft und im Sonnenschein. Lizzy war überrascht, als sie sah, wie weit sie hinausgeschwommen waren. Die Bucht war nicht mehr zu sehen, denn sie lag nun hinter einer Landzunge. Alles, was sie noch sehen konnte, waren die gezackten Umrisse der Felsküste, die sich in Richtung Land's End erstreckte. Und natürlich das Meer. Im ersten Moment bekam sie etwas Angst – es sah so riesig und endlos aus, dass sie sich wie ein hilfloses Pünktchen vorkam. Doch dann fiel ihr wieder ein, was Kes – und sie – waren, und ihre Angst legte sich.

Kes deutete an der Küste entlang. »Siehst du die Felsen, die dort bis ins Wasser ragen? Dort müssen wir hin. Wenn du genau hinschaust, kannst du den Höhleneingang sehen.«

Lizzy blinzelte mehrmals, bis sie kein Wasser mehr in den Augen hatte. Gleich hinter den besagten Felsen war in den Klippen eine schmale Öffnung erkennbar.

»Mutter wird uns sicher schon erwarten«, sagte Kes. »Komm!«

Gleich werde ich meine leibliche Mutter kennenlernen. Und sie ist eine Meerfrau ... Das hatte sich Lizzy seit dem Vortag immer und immer wieder gesagt und jedes Mal verknotete sich ihr Magen aus irgendeiner unbestimmten Angst heraus. Diesmal schwang jedoch auch eine große Aufregung mit. Und außerdem war es für einen Rückzieher bereits zu spät.

Sie lächelte Kes nervös an und zusammen tauchten sie wieder unter Wasser.

Das Wasser wurde grün und trüb, als sie sich den Klippen näherten, und die Felsen unter Wasser sahen wie riesige Schatten aus, die ihnen bedrohlich entgegenkamen. Über ihren Köpfen schäumte Gischt auf, als die Wellen zurückgeworfen wurden, und ein paar schreckliche Augenblicke lang fragte sich Lizzy, ob sie es überhaupt schaffen würden, die Höhle zu erreichen. Die Delfine hatten abgedreht und waren verschwunden, weil sie sich offenbar nicht zu dicht an die tückische Küste wagen wollten. Kes packte Lizzys Hand und zog sie mit sich durch die schmale Öffnung. Auf beiden Seiten ragten dunkle Felswände empor, die an ihnen vorbeizuflitzen schienen, weil die Zwillinge so schnell schwammen. Dann hatten sie auf einmal Sand unter sich und ihre Füße berührten einen leicht abfallenden kleinen Strand im Inneren der Höhle.

Lizzy riss überrascht die Augen auf. Die Höhle hatte eine erstaunlich hohe und gewölbte Decke, unter der die Geräusche des Meeres wie eine Singstimme widerhallten. Der Sand, auf dem sie standen, war silbrig weiß und sehr fein. Er stieg sachte an bis zu einem Tümpel mit ruhigerem Wasser. In der Mitte dieses Tümpels erhob sich ein großer Felsbrocken.

Und auf diesem Felsen saß eine Meerjungfrau!

Lizzys Herz machte einen solchen Sprung, dass sie das Gefühl hatte, es schlage einen Purzelbaum. Die Haare der Meerjungfrau waren von einem blassen Weißgold, ringelten sich um ihre Schultern und fielen wie ein Wasserfall über ihren Rücken. Sie hatten genau dieselbe Farbe wie Lizzys Haare! Die Augen der Meerjungfrau waren grau wie das Meer im Winter. Und statt zwei Beinen hatte sie einen langen, grünen Schwanz, mit silbrigen Schuppen überzogen.

Kes sagte: »Mutter ... ich habe Tegenn mitgebracht.«

Die Meerfrau starrte Lizzy an und über das Echo des Meeres hinweg hörte Lizzy sie nach Luft schnappen. Dann hielt sie sich beide Hände an die Wangen und sagte leise: »Tegenn – bist du es wirklich?«

Lizzy begann zu zittern. Langsam ging sie an den Rand des Gewässers und blieb dann stehen. Sie und die Meerfrau schauten sich mit großen Augen an. Dann flüsterte Lizzy: »M-Mutter ...?«

»Oh, meine kleine Tegenn!« Die Meerjungfrau streckte beide Arme aus und Lizzy lief mit großen Schritten durch den Tümpel, sodass auf beiden Seiten Wasser aufspritzte. Sie warf sich in die Arme der Meerfrau, und sie umarmten einander ganz fest, während sie gleichzeitig lachten und weinten. Kes stand da und beobachtete die Szene mit einem glücklichen, zufriedenen Lächeln.

Als sich der erste verrückte, aufgeregte Überschwang gelegt hatte, hielt Morvyr Lizzy auf Armeslänge von sich weg.

»Lass dich anschauen!«, sagte sie strahlend. »Oh, was für ein glücklicher Tag! Als Kes mir erzählte, dass er dich gefunden hat, konnte ich es nicht glauben! Aber dann erzählte er mir von deinem Medaillon. Und nun, da ich dich mit eigenen Augen sehe, gibt es keinen Zweifel mehr. Ich habe meine verlorene Tochter wieder!«

Freudentränen liefen über Lizzys Wangen und ihr war schwindelig vor Glück und ungläubigem Staunen. War es wirklich wahr? Es war wie ein Märchen, etwas Magisches und Unmögliches. Und doch war es wahr. Lizzy hatte keine Zweifel. Sie wusste, dass sie endlich ihre richtige Familie gefunden hatte.

»Es gibt so viele Dinge, die ich dir sagen möchte!«, sagte Morvyr. »Es gibt so viel zu fragen und zu erzählen. Aber das Wichtigste von allem ...« Sie schaute an Lizzys Hals und Lizzy merkte, dass sie das Perlmuttmedaillon betrachtete.

»Ja«, sagte Morvyr leise. »Das ist es!« Sie streckte die Hand aus und berührte es. »Dein Vater hat es für dich gemacht, gleich nach deiner Geburt.«

»Darin ist eine Haarlocke«, sagte Lizzy. »Alle haben immer behauptet, sie müsse von mir sein, aber ich – ich habe mir immer vorgestellt ...« Ihre Stimme stockte.

»Ja, sie ist von mir«, erklärte Morvyr, noch immer lächelnd. Sie drückte auf den Verschluss. Die zwei Hälften der Muschel öffneten sich und eine mattgoldene Locke kam zum Vorschein. »Dein Vater hatte schwarzes Haar, genau wie Kes.«

»Ich würde so gern mehr über ihn erfahren«, sagte Lizzy sehnsüchtig. »Wie war er? Sah er gut aus?«

»Oh ja!« Morvyr lächelte, doch in ihrer Stimme lag ein wehmütiger Unterton. »Er war ein sehr gut aussehender Mann – zumindest in meinen Augen. Willst du hören, wie wir uns kennengelernt haben?«

»Oh ja, bitte!«

»Ja, Mutter, bitte!«, sagte auch Kes. »Du hast mir nie viel von ihm erzählt.«

»Ich weiß, und ich kann immer noch nicht alles erklären, wenigstens noch nicht. Doch jetzt, wo Tegenn wieder bei uns ist ...« Sie lächelte ihre beiden Kinder an. »Kommt und setzt euch zu mir, dann erzähle ich euch alles, was ich weiß.«

Kes und Lizzy tauschten einen kurzen Blick aus. Dann griff Kes nach Lizzys Hand und ging mit ihr zu dem Felsen, wo sie sich neben ihre Mutter setzten.

Von draußen vor der Höhle, verborgen hinter eng zusammenstehenden Felsbrocken und im dunklen Grün des Meeres fast unsichtbar, wurden sie von einem kalten Augenpaar beobachtet, und zwei scharfe Ohren hörten gespannt zu.

Kapitel zehn

»Vor vielen Jahren segelte ein Mann namens Jack Carrick vor der Bucht, als plötzlich ein Sturm losbrach. Er versuchte noch, sich in den Hafen zu retten, doch sein Bootsmotor ging kaputt, und er wurde auf ein gefährliches Riff zugetrieben. Das Boot kenterte, und Jack wäre ertrunken, wenn ich nicht in der Nähe gewesen wäre. Ich habe alles beobachtet und ihn gerettet. Ich brachte ihn in diese Höhle, wo er vor den stürmischen Wellen sicher war, und kümmerte mich um ihn.« Sie lächelte traurig. »Ursprünglich hatte ich vor, ihn an Land zurückzubringen, sobald sich der Sturm wieder gelegt haben würde. Doch dann haben wir uns ineinander verliebt ...«

»Aber er war doch ein Mensch«, sagte Lizzy leise. »Wie konnte er da unter Wasser leben?«

»Richtig«, sagte Morvyr. »Anfangs dachten wir, wir müssten uns wieder trennen, und das brach uns fast das Herz. Doch die Königin des Meervolks – die frühere Königin, meine ich, nicht die ... ähm, diejenige, die jetzt über uns herrscht – hatte Mitleid mit uns. Sie besaß große magische Kräfte, die sie weise und zum Wohle ihrer Untertanen einsetzte. Dank ihres Zauberspruchs konnte Jack wie wir unter Wasser atmen. Er konnte allerdings nicht ständig unter Wasser bleiben, das nicht. Dafür reichten nicht einmal die Zauberkräfte unserer Königin aus und so musste er hin und wieder eine Zeit lang an Land bleiben. Doch wir waren glücklich mit dieser Lösung. Wir haben mit einer Meervolk-Zeremonie geheiratet und knapp zwei Jahre später wurden uns Zwillinge geboren.«

»Kes und ich«, wisperte Lizzy.

»Ja. Jack und ich waren überglücklich. Doch dann brachen in unserem Reich dunkle Zeiten an. Unsere geliebte Königin verstarb, und die Frau, die ihr auf den Thron folgte, war ganz anders.«

»Du sprichst von Taran«, sagte Kes zornig. »Taran hat den Thron an sich gerissen.«

Morvyr schaute ihn eindringlich an. »Ja, so ist es.«

»Sie hat die wahre Königin getötet, oder?«

Morvyr zuckte zusammen. »Das darfst du nicht sagen, Kes!«

»Aber es stimmt doch, oder? Du hast es nie ausgesprochen, aber ich habe es trotzdem gehört! Arhans sagt ...«

»Arhans sollte gewisse Dinge besser für sich behalten!« Morvyr sah auf einmal richtig erschrocken aus und hatte Mühe, sich wieder zu beruhigen. »Sagen wir einfach, sie ist gestorben und Taran wurde die neue Königin.«

»Sie hat kein Recht, sich als unsere Königin aufzuspielen! Sie ist eine ... eine ...« Kes hatte den Ausdruck schon wieder vergessen. Hilfe suchend blickte er auf Lizzy, die ihm »Usurpatorin« zuflüsterte.

»Kinder!«, sagte Morvyr mahnend und sehr ernst. »Was immer ihr denkt und was immer ihr auch hört – ihr dürft es niemals wieder aussprechen. Habt ihr verstanden?«

Es folgte eine kurze Pause. Dann sagte Kes kleinlaut: »Ja, Mutter.«

»Tegenn?«

»... ja«, wisperte Lizzy.

»Gut. Denn alles andere wäre sehr gefährlich. Ich habe Tegenn schon einmal verloren. Und ich will euch nicht beide verlieren. So, jetzt hört wieder zu, dann erzähle ich euch den Rest der Geschichte.«

Kes und Lizzy nickten nur und Morvyr fuhr fort: »Eine gewisse Person wollte etwas Bestimmtes von eurem Vater und mir, das wir ihr leider nicht geben konnten. Deshalb wartete diese Person, bis Jack wieder einmal für eine bestimmte Zeit an Land war, und da hat sie zur Strafe unsere kleine Tochter entführt.« Sie biss sich auf die Lippen. »Ich war außer mir vor Kummer und begab mich so nah an die Küste, wie ich nur konnte, schwamm tagelang auf und ab und rief nach Jack. Ich war so verzweifelt, dass ich mehrmals riskierte, von Menschen gesehen zu werden, was für Meerjungfrauen normalerweise absolut tabu ist. Eines Tages sahen ihn die Delfine am Strand und kamen ihm so nahe, dass sie ihm erzählen konnten, was passiert ist.« Morvyr seufzte so laut, dass ihr Seufzen in der Höhle widerhallte. »Jack kam natürlich sofort zurück, aber was hätte er schon tun können? Tegenn war verschwunden! Und wir wussten nicht, wo wir anfangen sollten zu suchen!«

»Aber Vater hat doch versucht, sie zu finden, nicht wahr?«, sagte Kes. »Deshalb ist er doch weggegangen.«

»Ja. Wir glaubten – jedenfalls wurde es uns eingeredet –, dass Tegenn an einen fernen Ort gebracht worden war. Jack nahm sich vor, die ganze Welt abzusuchen, bis er sie gefunden hätte. Und weil er zu wissen glaubte, wo sie war, bestieg er ein Schiff.«

»Er hat mich aber nicht gefunden«, flüsterte Lizzy.

»Nein, leider nicht. Inzwischen weiß ich, dass die Entführerin eine falsche Fährte gelegt hatte, um uns in die Irre zu führen. Jack ist nie zurückgekehrt, und niemand weiß, was aus ihm geworden ist.«

Lizzy brach in Tränen aus, doch sie versuchte nicht, sie zu stoppen. »Mutter«, flüsterte sie. »Wenn nur ...« Doch mehr brachte sie nicht über die Lippen. Was nutzte ein ›Wenn nur‹? Das gab ihr ihren Vater auch nicht zurück. Sie wussten ja nicht einmal, ob er noch lebte.

Morvyr wischte sich die Augen trocken und blinzelte. »Was für ein Glück, dass ich wenigstens dich wiederhabe, Tegenn! Darüber freue ich mich so sehr. Ich möchte unbedingt alles über dein Leben an Land erfahren. Kes hat dich zum Beispiel mit einem ganz anderen Namen angesprochen. Wie war er noch gleich – Lussie? Lishy?«

»Lizzy.« Obwohl sie traurig war, musste Lizzy lächeln. »Das ist die Kurzform von Elizabeth.«

»Elizabeth ... wie seltsam das klingt! Was bedeutet der Name?«

Lizzy stutzte. »Das weiß ich nicht«, sagte sie dann. »Das habe ich mich noch nie gefragt.«

»Aber jeder Name hat doch eine Bedeutung! Morvyr zum Beispiel bedeutet ›Tochter des Meeres‹. So hießen schon meine Mutter, meine Großmutter, meine Urgroßmutter und so weiter. Jack und ich wollten unserer Tochter aber einen ganz besonderen Namen geben und deshalb nannten wir dich Tegenn. Es bedeutet ›Kleines Juwel‹. Und Kesson – so lautet Kes' voller Name – bedeutet ›Harmonie‹.«

»Kleines Juwel ... das klingt hübsch.«

»Elizabeth klingt natürlich auch hübsch, was immer dieser Name bedeutet. Ich würde dich gern Lizzy nennen. Ist dir das recht?«

Lizzy fiel ihr um den Hals. »Ja, darüber würde ich mich freuen ... Mutter.«

Morvyr strahlte über das ganze Gesicht, als sie ihre Tochter erneut von Kopf bis Fuß betrachtete. Doch dann wurde sie auf einmal wieder ernst.

»Bevor ich mir deine Geschichte anhöre, muss ich jedoch noch etwas tun. Lizzy, gibst du mir bitte dein Medaillon? Ich muss unbedingt etwas nachschauen.«

Verwundert zog Lizzy die silberne Kette über den Kopf. Morvyr betrachtete das Medaillon, klappte es auf und legte es auf ihre Handfläche. Dann schloss sie die Augen, als versuche sie, sich an etwas zu erinnern, und fuhr mit den Fingern der anderen Hand darüber.

Plötzlich war ein leises »Klick!« zu hören. Und zu Lizzys Verwunderung sprang ein winziges Geheimfach auf. Sie schnappte überrascht nach Luft, beugte sich vor, um besser sehen zu können, und sah, dass in diesem Fach eine wunderschöne silberne Perle lag.

»Oh!« Lizzys Augen blitzten vor Freude. »Wie schön!«

»Sie ist noch da!« Behutsam fuhr Morvyr mit einer Fingerspitze darüber und wisperte: »Singe ...«

Ein leiser, lieblicher, hoher Ton kam aus dem Medaillon. Lizzy war mehr als verblüfft, als sie merkte, dass der Ton aus der Perle kam. Morvyr schaute wie hypnotisiert auf die silberne Perle. Sie schien aber auch noch auf etwas anderes zu lauschen und in ihren Augen lag ein verträumter Blick. Doch dann erwachte sie unvermittelt aus ihrem tranceähnlichen Zustand und klappte das Geheimfach schnell wieder zu. Der liebliche Ton verstummte und Lizzy blinzelte verwundert.

»Mutter?«

Morvyr hängte Lizzy das Medaillon wieder um den Hals. »Ich musste wissen, ob die Perle noch da ist«, sagte sie. »Aber es ist nicht gut, sie länger als einige Augenblicke aus ihrem Versteck zu holen. Ich kann dir den Grund nicht verraten; ich kann dir nur sagen, dass es sehr wichtig ist, gut auf die Perle aufzupassen. Du musst sie mit an Land nehmen und darfst sie nie wieder mit ins Meer bringen. Bitte, Lizzy, das musst du mir versprechen.«

»Gut, ich verspreche es«, sagte Lizzy. »Aber warum willst du mir den Grund nicht verraten?«

»Es ist besser für dich, wenn du es nicht weißt«, erwiderte Morvyr. »Und sprich mit niemandem darüber, zeig die Perle niemandem. Es muss unser Geheimnis bleiben, zumindest, bis der rechte Zeitpunkt gekommen ist.« Sie legte sich einen Finger an die Lippen. »Und jetzt bitte keine Fragen mehr! Es gibt schönere Dinge, über die wir uns unterhalten können.« Sie lächelte, als wäre nichts gewesen. »Also, erzähl mir bitte alles von deinem Leben an Land!«

Der heimliche Lauscher hatte genug gesehen und gehört. Lautlos und verstohlen wandte er sich um, entfernte sich und schwamm in Richtung Tiefsee. Niemand sah ihn wegschwimmen. Die Delfine waren woanders – dafür hatte das Gerücht von einem großen Makrelenschwarm gesorgt, das er in Umlauf gesetzt hatte –, und die kleineren Meeresbewohner hatten so viel Angst vor ihm, dass sie sich bei seinem Anblick schnell in Deckung brachten.

Er schwamm weiter und weiter, bis er schließlich zu einem gewaltigen, einsam gelegenen Felsen kam. In der Spitze dieses Felsens gab es eine große Vertiefung. Der Lauscher schwamm auf den Felsen zu, kreiste darüber und seine kalten, grausamen Augen starrten nach unten. Er wartete geduldig. Nach einiger Zeit ertönte eine gespenstisch widerhallende Stimme, die aus dem Inneren des Felsens zu kommen schien.

»Wer ist da?«

Ein freudiges Zucken lief durch den Körper des Lauschers und seine eigene, heisere Stimme ertönte. »Ich bin's, Tullor.«

Im ersten Moment tat sich nichts. Dann rief die unsichtbare Sprecherin: »Komm näher!«

Das Wasser in der Vertiefung geriet in Bewegung. Es kräuselte sich und begann zu schwappen, und während das Blubbern stärker wurde, begann der Felsen in einem seltsamen, purpurroten Licht zu glühen. Tullor bewegte sich darauf zu, immer näher und näher. Als sein Kopf den Rand berührte, begann das purpurrote Licht, das aus dem Inneren der Höhle kam, scharlachrot zu glühen, bis es so aussah, als stünde sein ganzer Körper in Flammen. Mit einer weichen, schnellen Bewegung verschwand Tullor im Inneren.

Er sah einen Regenbogen aus Licht über sich und schwamm darauf zu. Die Lichter wurden heller und greller, und es dauerte nicht lange, bis er in einem großen, ruhigen Teich im Inneren einer Höhle auftauchte, die kreisrund war.

Die Höhle hatte keinen Eingang, sondern war komplett von Felswänden umschlossen. Die Luft dort schimmerte in vielen Farben. Es war ein atemberaubend schöner Ort. Doch Tullor hatte keinen Sinn für Schönheit. Er schwamm durch das Gewässer auf einen Felsvorsprung zu, der wie eine Art Couch aussah. Davor angekommen, neigte er respektvoll den Kopf und sagte: »Euer Majestät.«

Taran, die selbst ernannte Königin der Meermenschen, blickte von dem Felsvorsprung hochmütig auf ihn herab.

»Nun, mein treuer Diener«, sagte sie mit ihrer eiskalten Stimme. »Bringst du mir Neuigkeiten?«

Tullor zappelte vor Aufregung. »Euer Majestät, die Gerüchte sind wahr: Morvyrs verschollene Tochter ist zurückgekehrt!«

»Ah!« Wütend ballte Taran die Hände zu Fäusten. »Ich habe mich also nicht getäuscht!« Ihr Blick wurde noch strenger. »Bist du dir ganz sicher, Tullor? Denn falls du dich irrst ...«

»Ich irre mich nicht! Ich habe sie vor wenigen Minuten mit eigenen Augen gesehen! Sie sieht genau wie ihre Mutter aus. Es besteht kein Zweifel daran, wer sie ist!«

»Verstehe ... Und weiß Morvyr es bereits?«

»Oh ja. Der Junge, Kesson, hat es ihr erzählt und das Mädchen zu ihr gebracht. Im Moment ist Morvyr mit ihren beiden Kindern zusammen, in einer Höhle in der Nähe der Stelle, an der die menschlichen Fischer leben.« Tullor schüttelte sich, als er das Wort »Fischer« aussprach, das er so abgrundtief hasste, dass er es kaum über die Lippen brachte. »Aber da ist noch etwas, Euer Majestät. Die Tochter besitzt eine der fehlenden Perlen!«

»Was?« Tarans Augen begannen vor Aufregung zu funkeln. »Bist du dir absolut sicher?«

»Jawohl, Euer Majestät. Ich bin ihr bis zu dem Treffpunkt gefolgt und habe die Perle mit eigenen Augen gesehen. Ich habe sie sogar singen gehört!«

»Welche Perle ist es?«

»Die silberne, Euer Majestät.«

»Und was ist mit der schwarzen? Hat sie auch die schwarze Perle?«

»Nein, Euer Majestät. Oder falls doch, so hab ich sie jedenfalls nicht gesehen.«

Taran biss die Zähne zusammen und stieß einen leisen Pfiff aus. »Wie konnte sie an die silberne Perle kommen? Es ist unmöglich!«

»Sie ist in ihrem Medaillon versteckt – billiges Perlmuttzeug –, das sie an einer Kette um den Hals trägt.«

»Was? In dem Medaillon? Daran erinnere ich mich noch. Morvyrs Ehemann, der erbärmliche Menschenmann, hat für jedes seiner Kinder eines gemacht ...« Nackter Zorn blitzte in Tarans Augen auf. »Sie haben mich hereingelegt! Sie haben mich überlistet!« Sie machte eine wütende Handbewegung und das Wasser im Teich geriet in Bewegung. Wellen klatschten an die Höhlenwände, und Tullor wurde unsanft hin und her geworfen, als das Wasser im Teich wie bei einem heftigen Sturm aufbrodelte.

»Wenn ich daran denke, wie viel Zeit ich schon mit der Suche nach diesen zwei Perlen vergeudet habe!«, wetterte Taran. »Ich habe immer geahnt, dass Morvyr sie hat! Ich ließ ihr Heim durchsuchen, jede einzelne Ritze! Als ich nichts fand, nahm ich mir aus Rache das kleine Mädchen und ließ es an Land aussetzen – und dabei trug der Säugling das, wonach ich so fieberhaft gesucht habe, um den Hals!« Sie ballte die Fäuste. »Was bin ich doch für eine Närrin! Ich hätte die ganze Familie mit Stumpf und Stiel ausrotten sollen!«

»Aber, Euer Majestät, wenn Ihr das getan hättet, wären die Perlen niemals wiederaufgetaucht!« Eine mächtige Welle schwappte über Tullors Kopf hinweg und er wurde durch den halben Teich geschleudert. »Morvyr war die Einzige, die wusste, wo die Perlen versteckt waren, und das konnte niemand wissen, nicht einmal jemand, der so mächtig ist wie Ihr!«

»Das stimmt ...« Taran holte tief Luft, und das Wasser beruhigte sich etwas, als ihr Zorn abflaute. »Und der Menschenmann, den Morvyr geheiratet hat, war ein gerissener Kerl. Er hat sich dieses Versteck ausgedacht, da bin ich mir sicher. Und ich gehe jede Wette ein, dass er die andere Perle in dem zweiten Medaillon versteckt hat! Doch der Junge, dieser Kesson, hat es nicht. Wo also ist das verflixte zweite Medaillon?«

Das Wasser im Teich war inzwischen wieder

ruhig, und Tullor konnte zu dem Felsvorsprung zurückschwimmen, auf dem die Königin thronte. Kriecherisch blickte er zu ihr hinauf und sagte: »Aber wenigstens wisst Ihr jetzt, wo sich die silberne Perle befindet, Euer Majestät. Das ist doch schon mal ein Anfang.«

Taran starrte ihn zuerst wütend an und musste dann lachen. »Du hast recht, mein treuer Diener. Und das habe ich dir zu verdanken. Gut gemacht, Tullor – ich werde dich dafür reich belohnen. Aber zuerst ...« Sie klopfte mit dem Finger auf den Felsen und dachte angestrengt nach. »Du sagst, die Kinder sind gerade bei Morvyr?«

»Jawohl, Euer Majestät.«

»Gut. Von nun an darfst du all deine anderen Aufgaben und Pflichten vergessen. Du wirst das Mädchen bespitzeln und ihr folgen, und zwar überallhin. Sorg dafür, dass niemand es bemerkt – am allerwenigsten diese naseweisen Delfine!« Die Königin sah ihren Diener streng an. »Ich musste elf Jahre lang Geduld haben. Da kommt es auf ein paar Wochen oder Monate mehr auch nicht an. Deshalb will ich, dass du auf die richtige Gelegenheit wartest, die unweigerlich kommen wird. Und dann schnappst du dir das Mädchen und entreißt ihr das Medaillon mit der Perle.«

Tullors Gesicht war nicht so geschaffen, dass es Freude widerspiegeln konnte. Doch Taran spürte seine Zufriedenheit, als er sagte: »Jawohl, Euer Majestät!«

»Mach ja keinen Fehler, Tullor!«, schärfte sie ihm ein. »Wenn ich erst mal die silberne Perle habe, dann fehlt mir nur noch eine einzige – die schwarze –, und ich werde allmächtig sein. Ich will diese Perle und ich werde sie auch bekommen! Ich muss sie haben – um jeden Preis!«

Kapitel elf

Es gab Tränen, als Lizzy sich von Morvyr verabschiedete, und selbst Kes musste blinzeln, tat aber so, als hätte er etwas im Auge. Morvyr schenkte Lizzy zum Abschied einen wunderschönen Ring. Er war aus Korallen gemacht – einer rosafarbenen, einer blauen und einer grünen –, die zu einem kleinen Ring verflochten waren. Er passte perfekt an Lizzys Finger, und Lizzy bedauerte, dass sie für Morvyr nichts mitgebracht hatte. Doch sie würden sich bald wiedersehen und dann würde Lizzy ihrer Mutter etwas ganz Besonderes vom Land mitbringen, das nahm sie sich ganz fest vor.

»Vergiss nicht«, wiederholte Morvyr, als Lizzy und Kes gehen wollten, »dass du gut auf die silberne Perle aufpassen musst und sie nie wieder mit in die unterseeische Welt bringen darfst!«

»Ich verspreche es«, sagte Lizzy feierlich. Sie hätte zu gern gewusst, warum sich Morvyr wegen der Perle so große Sorgen machte, doch ihr war klar, dass es nichts genützt hätte, nochmals danach zu fragen. Wenn der richtige Zeitpunkt da war, hatte ihre Mutter gesagt, würde sie es ihnen erzählen. Bis dahin musste sich Lizzy gedulden.

»Pass gut auf deine Schwester auf, Kes, und bring sie sicher an Land!«, rief Morvyr, als die Zwillinge ins Wasser glitten. »Auf Wiedersehen, Lizzy! Mach's gut, meine kleine Tegenn!«

Sie warf ihr einen Handkuss zu und Lizzy warf ihr einen zurück. Dann tauchte sie mit einem letzten Winken hinter Kes her und schwamm vom Teich aus auf den Höhleneingang zu.

Die erste Strecke des Wegs legten sie schweigend zurück. Kes schwamm erstaunlich langsam, fast so, als hätte er keine große Lust, an Land zu schwimmen. Lizzy ging es ähnlich. Sie brauchte Zeit zum Nachdenken, um das wunderbare Erlebnis dieses Tages verarbeiten zu können. Bei dem Gedanken, wieder nach Hause zu ihrer anderen Familie zu gehen, wurde sie traurig. Es wäre so schön, wenn sie ihnen alles erzählen könnte. Doch leider musste sie das Geheimnis für sich behalten.

Kes musterte sie von der Seite und öffnete dann

endlich den Mund. »Alles in Ordnung mit dir?«, fragte er.

Lizzy nickte. »Ja, schon ...« Nach einer kurzen Pause fügte sie hinzu: »Sie – ich meine Mutter – ist wunderschön, nicht wahr? Mir gefällt die Vorstellung, dass ich eines Tages wie sie aussehen werde.«

Kes lächelte. »Das tust du doch jetzt schon. Ich dagegen sehe aus wie Vater, sagt Mutter.« Er machte ein trauriges Gesicht. »Ich wünschte, ich könnte mich an ihn erinnern.«

»Ich auch. Und ich wünschte ...«

»Was?«

»Es ist ... blöd, ich weiß. Aber ein Wunder ist doch schon passiert. Deshalb dachte ich gerade, dass vielleicht noch ein zweites Wunder passieren könnte und er zurückkommt ...«

»Falls er noch lebt«, gab Kes zu bedenken.

»Ja ... daran habe ich auch schon gedacht. Aber vielleicht werden wir es nie erfahren.«

Sie schwammen einige Minuten lang weiter, zerteilten das Wasser mit Armen und Beinen und ließen sich von der Strömung vorwärtstragen. Lizzy gewöhnte sich allmählich an die Tiefsee und hatte keine Angst mehr. Wie faszinierend die Unterwasserwelt war! Doch dann glaubte sie, in der

Ferne etwas zu hören. Es war keines der typischen Geräusche des Meeres; und es war eigentlich auch gar kein Geräusch, sondern mehr ein vibrierendes Pochen, das eindeutig näher kam.

»Kes ...« Lizzy berührte ihn am Arm. »Hör mal! Was ist das?«

Kes wurde langsamer und hielt dann an. Er legte den Kopf schief und runzelte irritiert die Stirn. Dann machte er ein erschrockenes Gesicht.

»Schnell!«, rief er. »Das ist der Motor eines Fischerboots – wenn wir ihm nicht aus dem Weg gehen, könnten wir uns im Netz verfangen!«

Er griff nach Lizzys Hand und zog sie blitzschnell nach rechts. Lizzy hätte nicht sagen können, aus welcher Richtung der Trawler kam, doch Kes schien es mit einem untrüglichen Instinkt zu wissen. Und tatsächlich, wenige Minuten später sah sie einen langen Bootsrumpf die Wellen durchpflügen, direkt oberhalb der Stelle, an der sie bis eben noch gewesen waren. Der Kutter zog einen wogenden Schatten hinter sich her, und Lizzy konnte die Umrisse eines Maschennetzes sehen, das fast bis auf den Meeresboden reichte.

»Achtung, das Kielwasser!«, rief Kes warnend. »Runter!«

Sie tauchten noch tiefer, doch das Wasser wurde

von der starken Schraube des Bootsmotors so aufgewühlt, dass die Zwillinge hin und her geworfen wurden. Dann endlich war der Tumult vorbei und Kes und Lizzy konnten aufatmen. Erleichtert starrten sie dem Kutter nach, der tuckernd weiterfuhr.

»Puh, das war knapp!«, sagte Kes.

Lizzy zitterte am ganzen Körper. »H-hätte es uns töten können?«

»Nein, nur wenn wir in die Nähe der Schraube gekommen wären. Aber stell dir mal vor, was passiert wäre, wenn wir ins Netz geraten wären und die Fischer uns an Bord gezogen hätten! Wie hätten wir ihnen das erklären können, ohne vom Meervolk zu erzählen?«

»Wäre das so schrecklich?«, fragte Lizzy und dachte an ihre Familie an Land, der sie zu gern alles erzählt hätte.

Doch Kes machte ihre Hoffnungen auf einen Schlag zunichte. »Natürlich wäre es schrecklich! Vater hat Mutter erzählt, wie die Landmenschen sind. Wenn sie wüssten, dass es uns gibt, würden sie alles daransetzen, uns zu fangen. Und welches Schicksal würde uns dann blühen?«

Lizzy begriff, was er meinte. Sie sah es förmlich vor sich: Schlagzeilen in aller Welt, die Meermenschen in Aquarien, Untersuchungen durch Ärzte und Wissenschaftler ... Mit Schrecken stellte sie sich Morvyr als hilflose Gefangene vor und starrte Kes entgeistert an.

»Jetzt weißt du, warum wir so vorsichtig sein müssen«, sagte er achselzuckend.

Lizzy nickte ernst. Obwohl die Unterwasserwelt ein magischer und wunderschöner Ort war, begann sie zu ahnen, dass er auch gefährlich war.

Sie schwammen weiter, entlang der Küste auf den Strand in der Nähe der Stadt zu. Sie konnten den Motor des Fischerboots noch hören, doch das Tuckern wurde zunehmend leiser und war bald nur noch ein undeutliches Brummen in der Ferne.

»Wann, denkst du, kann ich Mutter wiedersehen?«, fragte Lizzy.

Kes antwortete nicht. Sie drehte den Kopf und wollte ihre Frage wiederholen, doch da sah sie, dass er stirnrunzelnd nach hinten blickte.

»Kes? Was ist los?«

Kes schwieg noch immer. Erst nach einer Weile sagte er: »Ich weiß nicht. Ich hatte schon wieder dieses komische Gefühl, jemand sei hinter uns ...«

Plötzlich erinnerte sich Lizzy daran, was er heute früh am Strand gesagt hatte. »Gestern, als du nach Hause geschwommen bist ... da hattest du doch auch das Gefühl, jemand verfolge dich.«

»Stimmt.« Er wirkte angespannt, und Lizzy merkte, wie sich ihr Herzschlag beschleunigte.

»Vielleicht ist es einer der Delfine«, sagte sie und versuchte, möglichst zuversichtlich zu klingen.

»Bestimmt nicht«, sagte Kes. »Wenn es ein Delfin oder einer unserer Freunde wäre, würde er etwas rufen. Lizzy, wir werden verfolgt, ich bin mir ganz sicher.«

Ängstlich spähte Lizzy durchs Wasser. Wegen der Strömungen, die alles verzerrten, konnte man nicht sehr weit sehen – doch einen Moment glaubte sie, einen langen, dunklen Schatten zu sehen, der hinter ihnen herglitt.

Kes sagte leise: »Schwimm schneller! Mal sehen, was passiert.«

Lizzy versuchte, nicht in Panik zu geraten, als sie mit beiden Beinen ausholte. Sie und Kes wurden schneller und schneller und bekamen den Wasserdruck immer deutlicher im Gesicht zu spüren.

Kes blickte erneut verstohlen nach hinten und sagte: »Er ist noch da und holt sogar auf.«

»W-was denkst du, wer es ist?«

»Keine Ahnung.«

»Du hast doch keine ... Angst, oder?«

»Natürlich nicht.« Aber es klang nicht sehr überzeugend.

Sie schwammen inzwischen unglaublich schnell. Doch ihr Verfolger war noch schneller. Einmal wagte Lizzy, einen Blick über die Schulter zu werfen, und was sie sah, erfüllte sie mit Schrecken. Die Gestalt sah viel größer aus als vorhin – und holte überraschend schnell auf.

»Er ist schneller als wir!«, rief sie. »Und er verfolgt uns eindeutig!«

Inzwischen bestand kein Zweifel mehr; was immer hinter ihnen war, kam immer näher. In höchstens einer Minute, vielleicht schon früher, hätte es sie eingeholt. Sie wussten beide, dass es nur ein Feind sein konnte.

»Schwimm, Lizzy, schwimm!«, schrie Kes. »Verwandle dich in eine Meerjungfrau! Du schaffst es! Du kannst es! Du musst!«

Noch während er sprach, begann er, seine eigene Form zu verändern. Lizzy sah, wie er seinen silbrig grünen Schwanz schwenkte und noch schneller wurde. Hektisch versuchte sie, sich per Willenskraft ebenfalls zu verwandeln. Ich bin eine Meerjungfrau, sagte sie sich, eine MEERJUNGFRAU! Doch sie war inzwischen so panisch, dass sie sich nicht konzentrieren konnte. Sie konnte nur an die unbekannte Gefahr denken, die sie bedrohte. Sie war nicht schnell genug, um ihr zu entkommen, das feindliche Wesen würde sie einholen und dann ...

»LIZZY, PASS AUF!!«, schrie Kes.

Plötzlich war im Meer ein Donnern zu hören und mit Entsetzen sah Lizzy den fassähnlichen Boden eines weiteren Fischkutters direkt auf sie zusteuern. Er zog einen Strudel von weißem, schäumendem Wasser hinter sich her – und noch etwas: ein Netz, das das Wasser siebte und alles mitriss, was zu groß war, um durch die Maschen zu schlüpfen ...

»Abdrehen, Lizzy, abdrehen!«, brüllte Kes. »Wir müssen hier weg!« Er drehte sich im Wasser und musste nur mit seiner Schwanzflosse schnippen, blitzschnell wie ein Fisch, und schon war er außer Reichweite des Netzes. Lizzy aber hatte keine Schwanzflosse. Obwohl sie mit aller Kraft mit Armen und Beinen ruderte, war ihr klar, dass es nichts nützte. Es wurde dunkel um sie herum, als der Fischkutter über sie hinwegglitt, und das Klopfen des Motors schien plötzlich die ganze Welt auszufüllen. Kes war verschwunden und Lizzy wusste nicht, wo er war. Alles, was sie sehen konnte, war das Netz, das sich wie eine glänzende Wand unaufhaltsam auf sie zubewegte.

Als der Zusammenstoß kam, geschah es mit einer größeren Wucht, als sie erwartet hatte. Lizzy keuchte und ein Schwall von Blasen kam aus ihrem Mund. Und schon im nächsten Moment wurde sie hilflos hin und her gewirbelt und von dem Netz davongerissen. Ihre Arme und Beine verfingen sich in den Maschen; sie saß in der Falle, war gefangen, hilflos ausgeliefert ...

»Hilfe!«, schrie Lizzy. »Oh nein ... Hilfe!«

Kapitel zwölf

»Lizzy! Lizzy!«

Kes schrie den Namen seiner Schwester, doch seine Stimme ging im Motorenlärm des Fischkutters unter. Er sah sie in den Falten des Netzes zappeln, und als der Kutter unbeirrt weitertuckerte, schwamm er ihm hektisch nach. Doch noch während er auf das Netz zuschwamm, wurde ihm klar, dass er nichts ausrichten konnte. Er war nicht stark genug, um Lizzy mit bloßen Händen zu befreien, und wenn er dem Netz zu nahe käme, würde er ebenfalls darin enden. Er brauchte mehr Kraft – er brauchte Hilfe, so dringend wie nie zuvor!

Da der Motorenlärm in seinen Ohren pochte, konnte er die schrillen, hohen Pfeiftöne, die das Wasser zerschnitten, nicht hören. Doch als fünf geschmeidige, graue Delfinleiber auf ihn zusausten und er den silbrigen Streifen auf dem Rücken der Anführerin sah, schlug seine Verzweiflung augenblicklich in Erleichterung um.

»Arhans!« Kes deutete hektisch auf das Netz. »Helft Lizzy! Helft ihr!«

Lizzy, in ihrem Gefängnis verheddert, stieß einen Freudenschrei aus, als die Delfine das Netz attackierten. Sie warfen sich mit ihren kraftvollen Körpern dagegen und schlugen mit ihren Schwanzflossen die Falten des Netzes zur Seite, um sich zu Lizzy durchzukämpfen. Scharfe Zähne rissen am Netz; Lizzy konnte die Arme durchstrecken und sich an Arhans' Rückenflosse klammern. Ein weiteres Reißen: Sie trat mit aller Kraft um sich und konnte sich mit einem weiteren Ruck schließlich aus dem Netz befreien. Und schon schleppte Arhans sie weg und außerhalb der Gefahrenzone.

»Lizzy!« Kes schwamm zu ihr und schlängelte sich durch das kleine Grüppchen. In dem allgemeinen Durcheinander sah er mit seinem Fischschwanz selbst wie ein kleiner Delfin aus. Lizzy atmete hektisch, während sie sich weiterhin an Arhans klammerte und angestrengt versuchte, über den Schock und ihre Angst hinwegzukommen. Der Fischkutter tuckerte weiter, da die Männer an Bord natürlich nicht die leiseste Ahnung hatten, was für ein Drama sich gerade unter ihnen abgespielt hatte. Als das Brummen des Motors zunehmend verebbte, stieß Arhans einen dringlichen Pfiff aus. Kes begriff sofort, was der Delfin meinte, und wandte sich an Lizzy.

»Wir sind noch nicht außer Gefahr! Das Wesen, das uns verfolgt hat, ist noch in der Nähe – Arhans sagt, wir müssen so schnell wie möglich von hier verschwinden.«

Lizzy schaute ihn bestürzt an. Der Kampf gegen das Fischernetz hatte sie ihre letzte Energie gekostet. So schnell weiterschwimmen wie vorhin – das konnte sie beim besten Willen nicht! Doch da pfiff Arhans erneut und Kes' Augen blitzten auf.

»Genau! Lizzy, setz dich auf ihren Rücken: Sie wird dich tragen!«

Arhans stupste Lizzy behutsam gegen die Hand und Kes half seiner benommenen Schwester auf den Rücken des Delfins. Dann verwandelte er sich zu ihrer Überraschung in einen normalen Jungen zurück und setzte sich rittlings auf einen der anderen Delfine.

»Eine so seltene Gelegenheit lasse ich mir nicht entgehen!«, sagte er grinsend. »Bist du bereit? Also – gut festhalten!«

Und es ging los.

Es war ein aufregender und unglaublicher Ritt, der Lizzy fast ebenso unglaublich vorkam wie die Entdeckung neulich, dass sie unter Wasser atmen konnte. Die Delfine waren schneller als Rennpferde und auch schneller als Vögel. So muss es sein, wenn man fliegt!, dachte Lizzy, als sie von den sanften, geschmeidigen Bewegungen ihres Reittieres auf und ab getragen wurde. Felsen und lange Graswedel flitzten an ihr vorbei, ganze Fischschwärme schossen erschrocken davon, und die Farben veränderten sich ständig, als die kleine Gruppe durch die Unterwasserwelt flitzte. Hin und wieder durchstießen die Delfine die Wasseroberfläche, um Luft zu holen, und Lizzy und Kes fanden sich für einen kurzen Moment in einem Gischtwirbel oberhalb der Wellen wieder. Lizzy drückte beide Hände und Knie an den Körper des Delfins. Ihr Gesicht glühte vor Freude, ihre Haare strömten hinter ihr her. Sie fühlte sich so wild und frei wie Arhans und ihre Freunde – und jeder Gedanke an Feinde oder Gefahren war verflogen, denn bei diesem wunderbaren, wilden Rennen konnte sich kein Wesen mit ihnen messen.

Lizzy wünschte sich, der herrliche Ritt würde niemals enden, doch schließlich tauchten die Delfine ein letztes Mal alle gemeinsam aus dem Wasser ins Sonnenlicht und an die Luft. Ohne loszulassen, stieß Lizzy einen Freudenschrei aus, als Arhans zu einem Sprung ansetzte, um einen anmutigen Bogen zu beschreiben und in einem Gischtregen wieder ins Wasser einzutauchen. Die Küste lag vor ihnen. Lizzy sah den breiten, goldenen Sandstreifen, an dem sich die Wellen überschlugen. Beim Anblick der vielen Menschen am Strand fielen Lizzy plötzlich die Rettungsschwimmer ein. Bestimmt schauten sie wie immer mit ihren Ferngläsern aufs Meer. Wie konnten Kes und sie an Land gehen, ohne von ihnen gesehen zu werden?

»Kes!«, rief sie außer Atem. »Was ist mit den Rettungsschwimmern? Sie werden uns sehen!«

Kes lachte. »Überlass es Arhans! Spring einfach von ihrem Rücken, wenn ich es dir sage. Den Rest erledigen die Delfine!«

Die Delfine tollten weiter durch das Wasser und man kam sich auf ihrem Rücken fast wie auf einer Achterbahn vor. Sie kamen dem Strand immer näher, als Kes auf einmal »Jetzt!« rief.

Sie ließen die Rückenflossen los und sprangen ins Wasser.

»Komm!«, sagte Kes, als sie wieder an die Oberfläche kamen und auf den Wellen tanzten. »Mir nach!«

Er schwamm auf die Landzunge mit dem Leuchtturm zu. Die Delfine waren plötzlich verschwunden. Lizzy wunderte sich, wie sie so schnell hatten verschwinden können, und als sie hinter Kes auf die Felsküste zuschwamm, fragte sie: »Wo sind sie hin?«

Er grinste schelmisch. »Schau mal zum Strand!« Neugierig drehte sie den Kopf. »So«, sagte Kes, »gleich wirst du staunen!«

Er steckte sich zwei Finger in den Mund und stieß einen Pfiff aus, der dem eines Delfins täuschend ähnlich klang. Keine zwei Sekunden später sprangen Arhans und ihre vier Artgenossen in perfekter Harmonie aus dem Wasser – genau am anderen Ende des Strandes. Bei ihrem Anblick stießen die Leute entzückte Schreie aus, und alle – einschließlich der Rettungsschwimmer – rannten ans Wasser, um sie zu bestaunen. Die Delfine führten weitere akrobatische Luftsprünge vor und drehten sich in der Luft.

»So, die Leute wären fürs Erste abgelenkt«, sagte Kes. »Komm, gehen wir an Land!«

Sie schwammen ans Ufer und wateten tropfnass aus dem Wasser. Niemand schaute in ihre Richtung; alle starrten wie gebannt auf die springenden, tanzenden Delfine.

Für eine Weile schaute auch Lizzy Arhans und ihren Artgenossen zu, doch dann gaben plötzlich ihre Beine unter ihr nach und sie sank in den weichen Sand.

»Wow ...«, sagte sie nur.

Kes wusste, dass sie damit nicht nur die Vorführung der Delfine meinte. Er kauerte sich neben sie und zerzauste ihre triefnassen Haare.

»Na, wie fühlst du dich?«, fragte er.

Lizzy musste kurz nachdenken. »Gut – glaube ich. Etwas wacklig auf den Beinen vielleicht. Kein Wunder, nach so einem Morgen ...« Plötzlich merkte sie, dass ihr die Tränen kamen. Sie kämpfte dagegen an und bemühte sich stattdessen um ein Lächeln. So viele Fragen wirbelten ihr durch den Kopf. Sie war überglücklich, dass sie endlich ihre richtige Mutter und ihren Bruder kennengelernt hatte. Doch dass sie halb Mensch, halb Meerjungfrau war, konnte sie immer noch nicht glauben. Und es gab noch so viele Rätsel. Die silberne Perle in ihrem Medaillon – sie hatte sie von innen heraus leuchten sehen und auch singen hören. Was hatte das zu bedeuten? Warum war die Perle für Morvyr so wichtig – und wovor hatte ihre Mutter solche Angst? Wer war der geheimnisvolle Verfolger vorhin gewesen? Was war aus ihrem Vater geworden?

Sie versuchte, Kes zu erzählen, was ihr alles durch den Kopf ging, brachte aber kaum einen vollständigen Satz über die Lippen. Kes verstand sie trotzdem.

»Mir geht es genau wie dir«, sagte er. »Und ich weiß nicht, warum Mutter uns nicht alles erzählt.« Er verstummte kurz. »Vielleicht will sie uns schützen.«

»Kann sein. Aber ich wüsste zu gern, wovor.«

»Ich auch.« Kes blickte am Strand entlang. Die Delfine waren weg, und die Leute, die sie so fasziniert beobachtet hatten, schlenderten gerade zu ihren Strandlaken und Luftmatratzen zurück. »Ich werde Arhans fragen. Vielleicht weiß sie es. Und falls nicht ... tja, dann können wir nur hoffen, dass Mutter es sich irgendwann anders überlegt und uns alles erzählt.«

»Und wenn nicht?«, fragte Lizzy.

»Na, dann müssen wir das Rätsel eben selbst lösen. Wir haben uns wiedergefunden, können viel Zeit zusammen verbringen und Freunde werden. Wir haben so viel nachzuholen.«

Auf dem Nachhauseweg lief Lizzy ganz langsam. Ihr gingen so viele Dinge durch den Kopf, dass sie fast Angst davor hatte, in den ganz gewöhnlichen Alltag und zu ihrer Familie zurückzukehren. Zu ihrer anderen Familie. Wie verwirrend! Wie sollte sie jetzt wieder in die Rolle der alten Lizzy Baxter schlüpfen, wo sie nun wusste, dass sie zugleich auch Tegenn, die Tochter einer Meerjungfrau, war? Wie gern hätte sie es ihren Eltern und Rose erzählt! Doch das war unmöglich.

Noch immer etwas durcheinander, öffnete sie die Hintertür. Ihre Mutter war in der Küche und räumte gerade die Waschmaschine aus.

»Hallo, mein Schatz«, sagte sie lächelnd. »War's schön am Strand?«

Lizzy lächelte. »Ja, Mum, es war toll!«

»Gut. Du siehst aus, als wärst du die ganze Zeit im Wasser gewesen!«

»Ähm, ja ... das war ich auch.«

Da flog die Tür zum Flur auf und Rose tänzelte herein. »Hallo, Lizzy!« Sie schien bester Laune zu sein. »Mum, heute Abend gibt's eine Disco in der Stadt. Ist es okay, wenn ich mit Paul hingehe?«

»Ja, ich denke schon. Vorausgesetzt, du sagst uns, um welche Zeit du wieder nach Hause kommst.« Mum nahm den vollen Wäschekorb und ging damit in den Garten. Rose grinste Lizzy verschmitzt an. »Na, wie geht's deinem Freund?«

»Er ist nicht m–«

Doch da hatte Rose etwas erspäht und sie griff nach Lizzys Hand. »Oh, was ist denn das? Bist du etwa schon verlobt?«

Lizzy hatte den Ring, den Morvyr ihr geschenkt hatte, vom Finger nehmen wollen, ehe sie nach Hause kam, war aber so in Gedanken versunken gewesen, dass sie es ganz vergessen hatte. Hastig versuchte sie Rose ihre Hand zu entziehen, doch Rose ließ nicht los und drehte sie sogar um, um die Korallen eingehend zu studieren. »Der ist ja irre! Im Ernst, wo hast du ihn her? Aus einem der Geschäfte hier? Ich hätte zu gern auch einen!«

Sie lächelte und Lizzys Unsicherheit legte sich auf einen Schlag. Roses Hänseleien waren nicht böse gemeint. Sie waren die besten Freundinnen, waren es schon immer gewesen. Schließlich waren sie Schwestern.

Sie hielt Roses neugierigem Blick stand und sagte: »Der Ring ist ein Geschenk, Rose. Ein ganz besonderes Geschenk.«

Rose schaute ihr in die Augen. Ganz offensichtlich wollte sie weiterfragen, aber etwas hielt sie davon ab. Sie streichelte kurz Lizzys Hand und ließ sie dann los.

»Du Glückliche«, sagte sie. »Keine Angst – ich

werde es niemandem verraten.« Sie schlenderte zu Mum in den Garten.

Lizzy lief nach oben in ihr Zimmer. Die Muschel, die Kes ihr geschenkt hatte, lag im Regal; sie nahm sie und ging damit zur Bank unter ihrem Fenster, von wo aus man das Meer sehen konnte. Die Sonne schien Lizzy warm ins Gesicht, als sie sich die Muschel ans Ohr hielt. Eine Weile konnte sie nichts anderes hören als ein leises Rauschen, das wie die Brandung an einem fernen Strand klang. Doch dann, ganz allmählich, verwandelte es sich. Ganz so, als würde sich ihr Verstand langsam darauf einstimmen, hörte Lizzy die mysteriösen und magischen Geräusche der Unterwasserwelt. Ihrer Welt. Sie lächelte. In der Muschel waren Stimmen, darunter auch die Stimmen ihres Bruders Kes und ihrer gemeinsamen Freunde, der Delfine. Und Lizzy kam es so vor, als würden sie sagen: »Willkommen daheim!«

Epilog

Als einer der Wasserspiegel an der Höhlenwand purpurn zu leuchten begann, lehnte sich Taran gespannt vor. »Wer ist da?«, fragte sie.

»Ich, Tullor.« Lichtblitze zuckten über den Spiegel und sie konnte das Gesicht ihres Dieners erkennen. Er sah wütend aus – und er klang auch so.

»Komm herein!«, befahl sie mit einer aufgeregten Handbewegung. Das Gesicht im Spiegel verschwand; wenig später blubberte das Wasser in dem Teich auf und Tullor durchschwamm das magische Tor.

»Und?«, fragte Taran. »Bringst du Neuigkeiten?«

»Jawohl, Euer Majestät«, sagte Tullor kleinlaut. »Aber leider keine guten. Ich hätte das Mädchen um ein Haar fangen und ihr die Perle abnehmen können – wären diese widerlichen Delfine nicht gewesen! Sie kamen wie aus dem Nichts, haben das Mädchen befreit und sie und ihren Bruder auf ihren Rücken an Land gebracht.« Er krümmte sich vor Zorn. »Ich habe mein Bestes getan, Euer Majestät, doch sie waren zu zahlreich und zu schnell für mich.«

Taran runzelte die Stirn. Nun war sie ebenfalls wütend und fuhr ihn an: »Du bist ein Narr!« Impulsiv hob sie die Hand und Tullor wollte schon ängstlich zurückweichen – doch da überlegte sie es sich wieder anders und ließ die Hand sinken. »Egal. Die nächste Gelegenheit wird kommen.« Sie trommelte mit den Fingerspitzen auf das Felsgestein. »So, so ... es sieht also ganz danach aus, als würden Arhans und ihre grässlichen Freunde das verflixte Mädchen und seinen Schatz bewachen. Bestimmt hat Morvyr sie dazu überredet und das macht unsere Aufgabe nicht leichter. Aber ich lasse mich nicht unterkriegen!«

»Was können wir tun, Euer Majestät?«

»Oh, es gibt viele Wege, um einen Fisch zu fangen, Tullor. Und ich habe schon eine Idee. Sehr viel raffinierter als ein offener Überfall. Wir warten einfach eine Weile – so lange, bis Morvyr etwas weniger auf der Hut ist –, und dann wirst du, mein stärkster und mutigster Diener, ihr einen kleinen

Besuch abstatten und sie verhaften. Ich nehme sie als Geisel und lasse sie erst wieder frei, wenn das Lösegeld bezahlt ist: in Form der silbernen Perle.«

Tullor stieß ein kehliges, sonderbar hässliches, schnarrendes Geräusch aus, das fast wie ein misstönendes Schnurren klang. »Meine Königin, Ihr seid so listig wie eh und je!«

Über dieses Kompliment lachte sie erfreut. »Es wird sicher amüsant werden, Morvyr eine Zeit lang als Gefangene zu haben«, sagte sie selbstgefällig.

»Bestimmt, Euer Majestät!« Tullor gab noch eines dieser hässlichen Geräusche von sich, das offenbar seine Art zu lachen war. »Ihr solltet sie in Eure abgelegenste Festung bringen, an den Ort der ewigen Dunkelheit. Dort würde es ihr am wenigsten gefallen. Und sie könnte der anderen Gefangenen Gesellschaft leisten.«

Ein grausames Lächeln huschte über Tarans Gesicht. Dann sah sie ihren Diener ernst an. »Das ist in der Tat ein interessanter Gedanke. Doch ich will nicht, dass jemand von dieser anderen Gefangenen erfährt. Mir ist es lieber, wenn alle glauben, sie sei tot. Nein, ich werde Morvyr einfach hierbehalten, bis mir das Mädchen die silberne Perle bringt.« Sie kniff die Augen zusammen und ein kaltes, berechnendes Lächeln breitete sich auf ihrem ebenmäßigen Gesicht aus. »Und mach dir keine Sorgen, Tullor – ich denke nicht, dass wir allzu lange warten müssen!«

ENDE

Gefahr in der magischen Unterwasserwelt

Louise Cooper
Der Fluch der Meerjungfrauen 2
Der geheimnisvolle Schatz
Ab 10 Jahren · 160 Seiten
ISBN 978-3-7817-0338-4

Seit Lizzy ihre richtige Familie wiedergefunden hat, steht ihr Leben auf dem Kopf. Doch nun müssen sich ihr Bruder und ihre Mutter vor der bösen Meereskönigin Taran verstecken. Aus Zorn darüber, dass sie die beiden nicht findet, schickt Taran einen fürchterlichen Sturm über das Meer. Als Lizzys Mutter dann doch von den Gehilfen der Königin gefangen genommen wird, zieht Kes los, um Lizzy zu suchen, damit sie gemeinsam ihre Mutter retten können.

KLOPP

Weitere Informationen unter: ***www.erika-klopp.de***